TUMMAPUKUINEN MIES

VIRVE MÄKIKANGAS

TUMMAPUKUINEN MIES

Kustantaja: BoD Books on Demand, Helsinki, Suomi
Valmistaja: BoD Books on Demand, Norderstedt, Saksa
ISBN: 978-952-80-0299-4

1

Hämärässä huoneessa makasi mies niska tuettuna. Polvessa hänellä on kipsi. Tuo kipsissä oleva jalka on nostettu koholle suuren tyynyn päälle. Hän makaa sairaalassa yhden hengen huoneessa. Mies on vielä tajuton, mutta hänen silmäluomensa liikkuvat rauhattomasti.

Käytävältä kuuluviin kolahduksiin ja kiireisten askelien kopinaan, pian hän kuitenkin herää. Hän aukoo silmiään ja koettaa saada katseensa kohdennettua seinällä olevaan pyöreään kelloon. Kello näytti aikaa kymmenen yli kahdeksan.

Miehen suu ja huulet olivat todella kuivat. Hän koettaa kostuttaa kuivia huuliaan kielellään, mutta huulet olivat liimautuneet toisiinsa kiinni. Hän katseli ympärilleen ja koetti kääntää päätään, mutta tuki ei anna niskan kääntyä, vaan pitää sen lujasti otteessaan. Hoitaja astui ovesta sisään hämärään huoneeseen ja sytytti kirkkaan kattovalon.

"Jaahas, sitä ollaan täällä herätty."

Hän tulee vauhdikkaasti miehen sängyn reunalle.

"Mikäs on vointi?"

Hoitaja alkaa säädellä infuusionesteen tippumista. Potilaalle oli ryhdytty antamaan suonensisäistä nestehoitoa.

"Voisitteko sammuttaa tuon pirun kattovalon ja missä hitossa minä olen?"

Mies yritti kovasti saada äänensä kuulumaan, mutta tuo yritys oli vain vaimeaa köhinää.

"No eipäs olla äreänä. Sairaalassahan sitä ollaan. Olitte autokolarissa."

Hoitaja touhuilee nyt lakanoiden ja tuon tukea antavan korkean tyynyn parissa.

"Antaisitteko vettä?"

Mies yrittää saada sanotuksi, mutta alkaa samalla köhimään kuivaa kurkkuaan selväksi. Hoitaja ojentaa mukin, jossa on pilli. Mies ottaa toisella kädellään mukista kiinni, kun hoitaja yrittää alkaa auttamaan miestä juomisessa. Mies ajattelee, ettei ole mikään lapsi sentään ja luo tuiman katseen hoitajalle. Hoitaja hieman loukkaantuu miehen katseesta ja ojentaa selkänsä suoraksi. Hän antaa miehelle yöpöydällä olleen pienen muovimukin. Mukin sisällä kolisi kaksi vaaleaa särkylääkettä. Hoitajan äänensävy oli muuttunut hieman kovemmaksi.

"Teillä on paha aivotärähdys. Jalkanne on jouduttu kipsaamaan polvesta. Lääkäri tulee pian kertomaan tarkemmin."

Hoitaja poistuu ripeämmin huoneesta, kuin sinne saapui. Samalla hän läimäyttää valokatkaisimesta valot pois.

Hämillään oleva mies jää hämärään huoneeseen taas yksin. Hän ei todellakaan muista mitä hänelle on sattunut. Kamala päänsärky ja väsymys tuntuivat miehestä sietämättömiltä.

Noin puolentunnin päästä edellisen hoitajan käynnistä, lääkäri saapuu toinen hoitaja kintereillään. Tämä hoitaja napsauttaa valot päälle miehen sängynpäädyssä olevaan seinävalaisimeen. Valo on onneksi himmeä. Nyt tuo mies sängyssä on tyytyväinen valaistukseen.

"Ilari Manner, syntynyt 1.4.1985."

Arvokkaan oloinen vanhempi mieslääkäri katseli silmälasiensa yli vuoroin sängyssä olevaa miestä ja vuoroin kansiota kädessään.

"Saitte kovan iskun vasempaan ohimoon, josta johtui lievää aivojen turvotusta."

Taas hän katsoo miestä silmälasiensa yli.

"Sitten teillä on todettu pieni hiusmurtuma ensimmäisen kaularankanikaman sekä myös toisen kaularankanikaman okahaarakkeissa."

Jälleen pitkä katse kansioon ja vain pikainen vilkaisu potilaaseen.

Mies, Ilari Manner, yrittää aukaista suutaan kysyäkseen lääkäriltä omasta tilanteesta, mutta lääkäri jatkaa.

"Oikean polven patellajänne oli irronnut, joten tämä jouduttiin kiinittämään tibiaan, sääriluuhun, uudelleen kiinni. Tästä johtuen on asetettu kipsi, jota joudutte pitämään noin kolme viikkoa."

Nyt lääkärin katse on jäänyt kiinni kokonaan tuohon hänen kädessään olevaan kansioon.

"Milloin..." Ilari yrittää tiedustella, mutta lääkäri jatkaa.

"Olette tarkkailussa sairaalassa ainakin viikon. Hyvää illan jatkoa."

Lääkäri kääntyy kohti huoneen ovea hoitaja perässään. Ilari lukee hoitajan katseesta, että tämä ilmeisesti tulee vielä käymään potilaan luona. Ilari jää jälleen yksin hämärään huoneeseen.

Valo valaisee Ilarin takaa seinältä vain heikosti. Vasemmalla puolen oleva tuoli nurkassa, ikkunan vieressä, näkyy juuri ja juuri kun silmiään hieman siristää. Ilari sulkee silmänsä. Olo on väsynyt, joten hän ajattelee nukahtaa hieman, toivoen olevansa virkeämpi herätessään. Ehkä sitten hän muistaisi jotain.

Kevyestä unestaan hän säpsähtää hereille. Aivan, kuin huoneessa olisi joku. Hän katselee ympärilleen

8

ja huomaa hahmon istuvan nurkassa olevalla tuolilla.

"Kuka hitto siellä?"

Ilari tiedustelee ja yrittää samalla siristellä silmiään nähdäkseen paremmin.

"Onkos miehellä omatunto puhdas, vai painaako jokin?" Tuolilla istuva tummapukuinen mies tiedustelee matalalla äänellä Ilarilta.

"Mitä helvettiä? Kuka sinä olet?" Ilari yrittää samalla nostaa itseään hieman parempaan asentoon, jotta näkisi istujan paremmin.

"Onko sinulla mahdollisesti osuutta sattuneeseen tapahtumaan?" Taas tuo mies utelee ja nousee seisomaan.

Nyt Ilari näkee miehen hieman paremmin. Mies on tummatukkainen ja pukeutunut mustaan pitkään takkiin. Takin kaulus oli nostettu pystyyn. Hiukset peittivät miehen silmät. Hämärässä Ilarista näyttää siltä, kuin miehellä olisi kahdet kasvot. Kasvot tuntuivat muuttuvan miehen pään liikkuessa. Tai siltä Ilarista vaikutti. Hän yritti hieroa silmiään, jotta näkisi tuon oudon kyselijän selvemmin.

"Kuka helvetti sinä olet ja mistä tapahtumasta sinä oikein puhut?"

Hän yritti nousta istumaan, mutta lakana tuntui vain luistavan Ilarin takamuksen alla. Hän ei saanut nostetuksi itseään yhtään ylemmäksi. Päinvastoin,

9

hän tunsi itsensä liukuvan vain alaspäin sängyn päällä.

"Sinun täytyy miettiä tarkoin kysymystäni."

Tummapukuinen mies korjaa hieman takkiaan ottaen samalla askeleen kohti ovea. Hän kulki hitaasti Ilarin sängyn jalkapäädyn ohitse kohti huoneen ovea. Ilarista näytti siltä, että tuon miehen liikkuminen oli kuin sulavaa liukumista. Mies katosi verhon taakse, joka roikkui katosta kiinnitettyjen verhotankojen varassa. Verhotangot olivat asennettu kiertämään sängyn ympärille ja nyt verhot oli siirretty Ilarin sängyn jalkopäihin. Ilari koetti seurata katseellaan miehen liikkumista, mutta ei tuo mies jatkanut matkaansa kohti ovea. Oli kuin hän olisi jäänyt verhojen taakse. Ilari kääntyi yöpöytään päin löytääkseen jotain tai jonkin esineen, millä voisi koettaa siirtää verhoa. Pöydälle oli ilmestynyt pieni pokkari. Teoksen nimi oli SairasLoma ja sen kannessa irvisteli karmeasti tuijottava pääkallo kultahampaan kanssa. Ilari kurottautui ottamaan tuon pokkarin pöydältä ja heitti sen kaikin voimin kohti verhoa. Verho heilahti, mutta ei sen takana ketään näyttänyt olevan.

"Mihin hittoon sinä katosit!"

Ilari tivasi tuolta mystisesti verhon taakse kadonneelta mieheltä.

Samassa ovelle ilmestyi hoitaja, joka oli aikaisemmin käynyt huoneessa lääkärin kanssa. Hoitaja pysähtyi ovelle hieman hämmentyneenä katsomaan Ilaria sekä verhoa.

"No niin. Käydäänpä vielä hoitokertomus läpi." Hän hieman aristellen saapui Ilarin sängyn reunalle. Ilaria nolotti.

He kävivät läpi toimenpiteet, jotka oli tehty Ilarille onnettomuuden jälkeen. Lopuksi hoitaja irrotti kanyylin Ilarin kädestä. Ilari ei kehdannut ruveta tarkemmin kyselemään hoitajalta tapahtuneesta, vaan ajatteli, että kunpa tämä vain poistuisi pian huoneesta.

Hoitajan lähdettyä Ilarin olo oli kurja, sekava ja väsynyt.

2

Aamupalatarjotinta kantava hoitaja astui Ilarin huoneeseen toivotellen hyvää huomenta.

"Joko on aamu?"

Ilari tiedusteli vielä hyvin uneliaana, kun hoitaja asetteli tarjottimen yöpöydän käännettävälle tasolle. Hän sääti sängynpäätyä pystympään asentoon, jotta Ilarin oli helpompi alkaa nauttia aamupalastaan.

"Te nukuitte yön todella sikeästi. Kävin yöllä kahdesti teitä katsomassa, mutta tunnuitte olevan sikeässä unessa."

Hoitaja oli väsyneen näköinen ja ilmeisesti hän oli pääsemässä pian pois omasta vuorostaan.

"Missä minun henkilökohtaiset tavarani ovat?"

Ilari kysyi hoitajalta ja alkoi samalla silmäillä kutsuvaa kahvikuppiaan.

"Yöpöydän vetolaatikossa on teidän lompakkonne ja puhelin. Ne teillä oli ollut taskussanne, kun tänne teidät tuotiin."

"Kiitos."

Ilari kiitteli hoitajaa. Hänestä tumma kahvi maistui taivaallisen hyvältä.

"Muistakaa ottaa kipulääkkeenne."

Hoitaja muistutti poistuessaan huoneesta. Ilarin vielä nauttiessa aamiaista, hänen yrityksensä lakimies saapui ovesta sisään.

"Huomenta Ilari."

Hän tervehti ovelta.

"Vihdoinkin joku, joka voi selittää minulle mitä on oikein tapahtunut."

Ilari huokaisi syvään, kun hän tunnisti sisään saapuvan lakimiehensä kasvot. Lakimies Mauri Rautamo oli ollut Ilarin palveluksessa kolme vuotta. Hän luotti Mauriin.

"Etkö muista onnettomuutta?"

Mauri ihmetteli ja työnsi valahtaneita lasejaan ylemmäksi nenänvartta pitkin etusormellaan.

"En niin mitään. Vain sen, että olin vaimoni ja vauvan kanssa rantatalolla."

"Ilari."

Mauri laski päänsä riipuksiin ja huokaisi syvään.

"Kuule, vaimosi ja pieni vauvanne menehtyivät onnettomuudessa."

"MITÄ?!"

Ilari tiputti kahvikupin järkyttyneenä tarjottimelle.

"Mutta miten...miten onnettomuus sattui ja missä?"

"Olitte tulossa kaupunkiin rantatalolta, kun ajoitte jostakin syystä ojaan. Auto oli pyörinyt ympäri useasti."

"Ajoinko minä?"

"Kyllä."

"Ei helvetti! Se ei voi olla totta!"

Ilari piteli käsillään päätänsä. Hän painautui voimakkaasti sängyn nostettua päätyä vasten.

"Minulla on valitettavasti vielä toinenkin ikävä uutinen." Mauri sutaisi kädellään valahtaneita hiuksiaan nopeasti taaksepäin.

"Raimo on eilen hirttänyt itsensä."

"NO VOI HELVETTI! Ei tämä voi olla totta! Olenko minä jossakin vitun piilokamerassa, vai mitä tämä on!"

Ilari pyyhkäisee raivoissaan tarjottimen kädellään lattialle. Astiat sinkoilivat ympäriinsä pitkin lattiaa.

Raimo Schulman oli Ilarin yhtiökumppani. He olivat toimineet yhdessä jo viisi vuotta.

Hoitajan pää ilmestyi ovenrakoon, sillä huoneesta kantautuva astioiden kolina oli herättänyt huomion käytävällä. Mauri nyökkäsi hoitajalle ja nosti toisen käden eleeksi, että kaikki on kunnossa. Hoitaja vetäytyi pois sulkien varovasti oven perässään.

"Kuule Ilari. Tämä on kyllä vähän huono hetki, mutta pakko minun on ottaa vielä tämäkin asia esille."

Ilari oli nostanut kätensä ohimoillensa, kuin olisi halunnut pidellä päätänsä kasassa ja estää näin myös ajatuksiensa hajoamisen. Nyt hän katsoi kalpeana käsiensä välistä Mauria kysyvästi.

"Mitä? Mitä vielä? Eikö tässä ole jo tarpeeksi kauheuksia yhdelle miehelle kerrottu?"

Hän levitti kädet kohti Mauria.

"Muistat kai, että muutitte sopimusta Raimon kanssa."

"En. En nyt muista. Mikä sopimus?"

"Niin, uusi sopimus tehtiin. Siinä te määräsitte yrityksen kauppahinnan siirtyvän kokonaan toiselle, jos toinen rikkoo sopimusta tai jos toinen osapuoli kuolisi. Kai muistat, että myitte yrityksen yhdeksän kuukautta sitten?"

Ilari laittoi kädet kasvoilleen ja mietti.

"Joo. Nyt minä muistan. Kauppahinta oli kaksi miljoonaa, eikö?"

"Kyllä. Ja nyt sinä saat tuon koko summan."

Mauri naputti sormellaan mukanaan tuomaansa mustaa kansiota samalla todeten.

"Tarvitsen nimesi paperiin, jotta voin tehdä asiakirjat valmiiksi."

"Onko sillä nyt niin kiire?"

Ilari katsoi väsyneenä lakimiestään, mutta jatkoi nähdessään Rautamon kärsimättömän ilmeen.

"No olkoon, mutta voisitko sitten jättää minut. Haluan saada ajatella asioita rauhassa. Sinä pudotit aikamoisen pommin niskaani."

"Tietenkin. Onhan tämä aikamoinen juttu."

Maurin poistuttua huoneesta, Ilari koetti saada muistinsa pelaamaan.

Hän muisti tuon sopimuksen ja yrityskaupan. Seuraavaksi hän sulki silmänsä koettaen saada mielikuvaa onnettomuudesta. Hän sai päähänsä muiston, jossa hän on alttarilla vaimonsa kanssa. Papin antaessa luvan suudella morsianta, hän nostaa morsiamen huntua tämän kasvoilta. Hunnun alta paljastuukin vieraat kasvot. Hänen vaimonsa oli hentoinen, pehmeäpiirteinen, suloinen sinisilmäinen vaaleaverikkö, mutta hunnun alta paljastuivatkin voimakaspiirteiset kauniit kasvot. Nainen oli ruskeasilmäinen brunette.

"Helvetti!" Ilari aukaisee silmänsä.

Hänen päänsä oli nyt täysin tyhjä. Hän ei saanut kiinni mistään mielikuvasta.

Kohta hän muisti kännykän pöydän laatikossa toivoen siellä olevan kuvia ja tekstiviestejä. Ne varmasti auttavat muistamaan. Kännykkä oli sulkeutunut. Virta oli loppunut.

Ovelle ilmestyi pienikokoinen, harmaahiuksinen vanhempi siivooja moppi kädessään. Hän katseli lattialla olevia astioita ja puurokulhoa, jonka sisältö oli osittain lentänyt seinällekin.

"No ei se sairaalan ruoka nyt kummoista ole, mutta kannattaako sitä ihan seinille heitellä."

"Eipä kait."

Ilari vastaa välinpitämättömästi.

Siivoojan touhuillessa, Ilari koettaa muistaa onnettomuutta, mutta tuntui kuin muisti olisi pyyhitty kokonaan tyhjäksi. Vain satunnaisia kuvia

16

rantatalosta ja veneestä, jolla hän oli mielellään vapaa- aikanaan ajellut.

Siivooja oli aikeissa lähteä, kun Ilari muisti puhelimen.

"HEI! Älä mene vielä!"

Hän hihkaisee yllättäen siivoojalle, jonka käsi oli jo ovenkahvassa kiinni.

"Herraparatkoon sentään! Ei sitä tuolla lailla saa toista säikyttää."

Siivoojan kasvot olivat valahtaneet kalpeaksi.

"Anteeksi. Mutta olisiko teillä lainata puhelimeeni laturia?"

Ilari oli pahoillaan käytöksestään.

"Kysykää hoitajilta, en minä noista aparaateista mitään tiedä." Siivooja poistuu kiireesti huoneesta.

"No eipä kait sitten."

Ilaria alkoi tympiä hänen toivoton tilanteensa.

Miksi tuo outo tummapukuinen mies oli kysellyt Ilarin osuudesta onnettomuuteen? Tietenkin sen verran hänellä oli osuutta, kun oli ajanut autoa, mutta eikö se ollut vahinko? Oliko tässä jostakin muusta kysymys.

Käytävällä siivooja oli kertonut hoitajille potilas Mantereen käyttäytymisestä ja siitä, että tämä oli kysellyt puhelimeensa laturia. Hoitajat ottivat asian esille, kun lääkäri oli saapunut kierrokselle. Lääkäri neuvoi hoitajia tarkkailemaan potilaan käytöstä, jos käytös muuttuu vielä aggressiivisemmaksi, on asiasta ilmoitettava välittömästi.

Ilari saa olla hetken yksin huoneessaan. Hän koettaa kuumeisesti miettiä tapahtumia, mutta hänestä tuntuu, kuin lähipäivät olisivat vain pyyhitty hänen mielestään pois. Hän muisti hyvin, että he olivat Raimon kanssa olleet samassa mainosalan firmassa töissä, kun tutustuivat toisiinsa. Kahden vuoden työkumppanuuden jälkeen he päättivät perustaa yhteisen konsultointialan yrityksen, sillä he olivat huomanneet, että heillä oli samanlaiset tavoitteet elämässä ja näkemykset tulevaisuudesta.

Yritys oli menestynyt hyvin ja miehet olivat pian palkanneetkin lisää työntekijöitä firmaan. Vajaa vuosi sitten oli isompi konsultointiyritys tehnyt heille hyvän ostotarjouksen yrityksestä. Miehet olivat hieman erimieltä myynnistä, mutta olivat lopulta päätyneet myymään yrityksensä. Ilari ei kuitenkaan muistanut, kumpi oli ollut myyntiä vastaan, vain tuo hetki rantatalolla Raimon ja Maurin kanssa on kuvana hänen mielessään. Ilmeisesti se oli sopimuksen kirjoitus- tai muuttamisen hetki.

18

Lounaan tuoneella hoitajalla oli Ilarille puhelimeen sopiva laturi mukanaan. Vihdoinkin asiaan saataisiin selkeyttä. Näin Ilari toivoi laittaessaan laturin pistokkeen seinään toisen pään ollessa kiinni puhelimessa.

Puhelin ei käynnistynyt, se oli tyhjentynyt kokonaan. Oli vain odotettava rauhassa. Samalla, kun hoitaja oli viemässä päivällistarjotinta pois, ovelle ilmestyy nainen.

"Ilari Manner? Olen Marjut Ahjo rikospoliisista. Minulla olisi muutama kysymys esitettävänä."

Pitkä hoikkavartaloinen nainen esittäytyi. Naisella oli musta nahkatakki ja ruskeat lyhyet hiukset.

"Valitettavasti en muista siitä onnettomuudesta mitään."

Ilari ennättää vastaamaan. Hän alkoi olla väsynyt vahvoista kipulääkkeistä sekä juuri syöty raskas perunamuusi käristyksen kera alkoivat houkutella miestä pienille päiväunille.

"Kysymykseni koskevatkin Raimo Schulmannia, yhtiökumppanianne. Milloin ja missä viimeksi olitte yhteydessä häneen?"

"En muista. Sain vasta eilen itsekin kuulla hänen itsemurhastaan."

"Niin, itsemurhalta tämä vaikuttaa, mutta muutama seikka tässä vielä täytyisi selvittää."

"Valitettavasti en muista lähipäivien tapahtumia ollenkaan."

"No, jos alatte muistamaan asioita, soittakaa minulle tähän numeroon."

Nainen ojentaa taskustaan ottamansa käyntikortin Ilarille. Ilari nyökkää Ahjolle ottaessaan kortin vastaan. Nainen nyökkää vastaukseksi ja poistuu huoneesta.

Jälleen uni saa otteen Ilarista. Hän vaipui uneen. Unessa hän näkee, että he Raimon kanssa juoksevat kilpaa, ei leikillään, vaan kuin olisi kyse elämästä ja kuolemasta.

Ympärillä on pimeää, vain suoranpäässä, jonne he ovat juoksemassa on auto ja jakkara, jonka yläpuolella roikkuu hirttosilmukka. Ilarin kohdalla on auto, sisällä istuu vaalea nainen vauva sylissään. Raimo juoksee kohti jakkaraa. Uni loppui. Kumpikaan ei päässyt perille. Ilari aukaisee silmänsä ja on hiestä märkä, kuin olisi todellakin juossut tuota tuskaista suoraa Raimon kanssa.

3

Uni oli karmean ahdistava. Ilari ei hetkeen pystynyt saamaan ajatuksiaan pois unesta. Kello seinällä näytti aikaa 16:13. Nyt oli aika tarkistaa puhelin.

Ilari otti puhelimen yöpöydältä ja painoi virran päälle. Virtaa oli riittävästi, vaikka akku ei ollut vielä läheskään täynnä. Kuvagalleria oli tyhjä, mutta tekstiviestejä oli kaksi. Molemmat olivat Ilarin itsensä lähettämiä. Ne oli lähetetty Raimolle. Ensimmäinen viesti oli lähetetty toissapäivänä kello 9:44. Siinä luki:

- Älä usko, se ei ole totta! Voisimmeko puhua. Vastaa.

Sitten oli useita soittoyrityksiä, joihin ei oltu vastattu.

Toiseen viestiin oli kirjoitettu:

-Olemme luonasi noin puolentunnin kuluttua. Puhutaan.

Viesti oli lähetetty 9:57.

Ilari oli varma, että hänen puhelimessaan oli ollut kuvia. Olisiko joku voinut poistaa ne. Viestejä ja puheluitakaan ei ollut enempää. Se oli Ilarista todella outoa.

Oveen koputettiin. Sisään huoneeseen astui lakimies Rautamo.

"Hei Ilari. Mikä vointi?"

"Ok. Kerro minulle tiedätkö, milloin Raimo oli hirttäytynyt? Mikä oli kuolinaika?"

"Tietääkseni se oli tapahtunut aamulla kello kuuden ja seitsemän välillä. Miksi?"

"Ei, mietin vain. Entä milloin onnettomuus sattui?"

"Kello kymmenen jälkeen."

"Vielä eräs seikka. Tämä kuulostaa ehkä hieman oudolta, mutta olenko minä ollut kahdesti naimisissa?"

"Ei, et ole. Vaimosi on, anteeksi, oli Alisa ja vauva, poika, ei ollut saanut kastetta vielä."

"Oliko Alisa värjännyt hiuksensa?"

"Ei minun tietääkseni. Kuinka niin?"

"Minulla on vain outo mielikuva. Unohda se, ei se ole tärkeää."

Mauri katsoi Ilaria hieman kysyvästi, mutta jatkoi.

"Tulin kysymään sinulta rantatalon avaimia. Minun täytyisi hakea alkuperäiset kauppakirjat sieltä. Kai ne ovat siellä?"

"Kyllä ne siellä ovat. Siinä työpöytäni ylälaatikossa. Mutta, eikös alkuperäiset ole jo sinulla?"

"Ei. Kyllä ne sinulla ovat."

"Ehkä se niin on. Avaimet ovat tuossa laatikossa. Se kullan keltainen avain avainnipussa."

Mauri irrotti avaimen avainnipusta.

"Hyvä. Palataan pian. Koeta levätä. Kyllä se muistikin palaa vielä."

Lakimies poistui huoneesta avaimen saatuaan.

Hieman Ilari jäi miettimään Rautamon pyyntöä.

Hänelle syntyi mielikuva rantatalosta ja siellä tilanteesta, jossa hän, Raimo ja Mauri istuvat työhuoneessa. Tilanne tuntui piinaavan kireältä. Hoitajan saapuessa huoneeseen, hänen ajatuksensa katkesi.

"Nyt olisi päivällisen ja lääkkeen aika."

Hoitaja kiikuttaa pientä kuppia, jossa on jälleen kaksi tablettia sisällä. Ilari ottaa ne ja pyytää hoitajaa auttamaan häntä vessaan.

Hankalan kompuroinnin jälkeen he pääsevät huoneessa olevan pienen vessan ovelle. Ilari kinkkaa sisälle ja laittaa oven kiinni. Hän laskee hanasta vettä vessassa olleeseen lasiin. Tabletit hän heittää suuhun ja kulauttaa veden perään. Samalla hänen katseensa kohtaa peilikuvansa lavuaarin yläpuolelle kiinnitetystä peilistä.

Hänen silmänsä ovat turvoksissa ja tummat sekä nenänvarsi oli karmean ruhjeinen.

Nojatessaan lavuaarin reunaan ja tuijottaessaan kuvajaistaan, hän näkee tuon oudon tummapukuisen miehen kasvot piirtyvän omiensa päälle. Ne heijastuvat heikosti, mutta tarpeeksi selvästi, että Ilari säikähtää. Kauhistuneena näkemästään, hän heittää lasin kohti peiliä. Peili ja lasi rikkoontuvat sirpaleiksi. Sirpaleet tippuvat lattialle äänekkäästi.

"Mitä siellä tapahtuu? Oletteko kunnossa?" Hoitajan koputtaa hätääntyneenä oveen.

"Olen kunnossa. Lasi vain tippui."

Tuon sanottuaan Ilari tiesi, että ei tuo selitys oikein vakuuttanut hoitajaa. Varsinkaan, kun tämä näkisi "tippumisen" jäljet.

Päästyään takaisin sänkyyn, Ilari tunsi itsensä tuskaiseksi.

Hänen päätään alkoi särkeä, kuin pään ympärille olisi laitettu kiristyspanta. Samalla oikealla puolen korvan takana oli armoton pistos ja vihlonta. Kaikki tuntui olevan sekavaa. Hän ei saanut mistään kiinni. Asiat tuntuivat vain mutkistuvan. Kaiken tämän lisäksi ovesta ilmestyi jälleen tuo tuttu siivooja. Ilari ajatteli, etteikö tässä puljussa ollut muita siivoojia töissä.

"Mikäs sotku se taas täällä oli. Mies on vuoteen oma ja saa tuhoa aikaan ympärillään."

Ilaria ei jaksanut kiinnostaa siivoojan puheet, vaan hän alkoi miettiä tuota tummapukuista miestä. Miten hän nyt tähän liittyi?

Ruoka lautasella ei houkutellut häntä. Ei hänellä ollut edes nälkä. Se sai jäädä siihen. Nyt täytyi alkaa toimia. Hän pyysi hoitajaa tuomaan kynän ja paperia. Paperille hän piirsi pystyviivan, aikajanan. Ylös aikajanaan hän kirjoitti:

-Viimeisin muisto ennen pimeyttä. Työhuone rantatalolla, mukana olivat Raimo ja Mauri. Aika...? Alias ja vauva rantatalolla?

Seuraavat kohdat alempana olivat:

-Raimon kuolema klo 6-7:00

-Viestit klo 9:44 sekä 9:57

-Onnettomuus klo 10:00 ->

Eli Raimo oli ollut jo kuollut, kun Ilari oli lähettänyt hänelle viestinsä. Mitä oli tapahtunut? Puhelinta on täytynyt jonkun näpelöidä. Hänen puhelimessaan on täytynyt olla enemmän soittoja ja viestejä. Kuvat. Niitä oli varmasti puhelimessa, Ilari miettii, eikä vieläkään saa muistiaan toimimaan.

Päänsärky voimistui, Ilarille alkoi tulla huono olo. Häntä alkoi oksettaa. Nopeasti hän nousi sängystä seisomaan, kun samassa kaikki pimeni ja hän kaatui tajuttomana lattialle.

4

Huone tuntui pyörivän Ilarin ympärillä. Kalpean miehen päässä humisi ja suhisi.

Hän yritti aukoa silmiään, mutta hänestä tuntui, kuin silmät olisivat pyörineet pään sisällä aivan kuin karusellissä. Lopulta tunne alkoi rauhoittua. Hänet oli nostettu takaisin sängylle. Ilmeisesti hoitajat olivat löytäneet hänet lattialta makaamasta.

Oli taas hämärää. Himmeä valo sängyn päädyssä yritti parhaimpansa mukaan valaista, mutta sen valo ei yltänyt kuin Ilarin ylävartalon valaisemiseen. Muu huone oli jälleen hämärän peitossa.

"No niin. Oletko keksinyt omaa osallisuutesi tapahtumiin?"

Siellä hän nyt taas istui, tuo mies tummassa puvussaan.

"Kuka helvetti sinä olet ja miten sinä tähän liityt?"

Ilari yritti nousta, mutta hänen olonsa oli heikko, eikä hän jaksanut ponnistaa käsillään ylös. Keho tuntui raskaalta, kuin lyijy.

"Sillä ei ole merkitystä, kuka minä olen ja miten minä liityn asiaan. Vain sinun osuutesi tässä on tärkeää."

"Tajuatko miten tuskallista on maata tässä, eikä vittu muista mitään! Olen menettänyt vaimon ja lapsen. Yhtiökumppani on tehnyt itsarin. Enkä minä muista mitään!"

"Ei sinulla ole ollut vaimoa ja lasta. Tai vaimo oli, mutta hän jätti sinut."

"Älä helvetti tule tänne minulle sössöttämään tuollaista! Nyt saatana katsotaan, kuka sinä olet!"

Ilari yritti painaa hoitajan kutsupainiketta, mutta huomasi, ettei siitä lähtenyt johto ollut kiinni sähköpaneelissa. Johdonpää roikkui vain irrallaan lattialla.

"Turhaan yrität kutsua hoitajaa. Haluan sinun nyt miettivän, kuinka kohtelit Raimoa ja miten kavalasti toimit häntä kohtaan."

Miehen olemus kävi äkkiä uhkaavaksi.

"Nyt riittää!"

Ilari hermostui ja keräsi kaikki voimansa ponnistaaksensa ylös sängystä. Hän kinkkasi ovelle ja sai nykäistyä huoneen oven auki. Hänellä oli todella vaikeuksia pysyä pystyssä, mutta hän ajatteli, että on vain jaksettava päästä käytävälle.

"Tulkaa nyt helvetti ottamaan kiinni tuo hullu äijä tuolla huoneessani! Auttakaa nyt saatana! Ja minulla oli lapsi ja vaimo, ei tuo saatanan äijä tiedä yhtään mitään!"

Ilari kinkkasi pitkin käytävää, kunnes eteen osui lääkekärryä työntävä hoitaja. Ilari kaatuu lattialle lääkekärry mukanaan. Kaikki lääkkeet vierivät pitkin lattiaa ympäriinsä.

"Kutsukaa vartija!" Joku huutaa kauempaa.

Ilari nousee pystyyn ja jatkaa kinkkaamistaan.

"Niin kutsukaa vartija ja pidättäkää tuo mies huoneessa. Nyt loppuu tämä pelleily!"

Suurikokoinen vartija ilmestyy nurkan takaa ja kaataa Ilarin käytävän lattialle mahalleen. Pian Ilari huomaa kätensä olevan raudoitettuna hänen selkänsä takana.

"Mitä helvettiä sinä minut otit kiinni! Mene saatana tuonne huoneeseen taltuttamaan se äijä siellä!"

Hoitaja saapui Ilarin huoneesta. Hänen kasvoillaan oli hämmentynyt ilme.

"Ei huoneessa ole ketään."

Hän sanoo epävarmalla äänellä.

"No saatana on. Tutki tarkempaan!"

Ilari koettaa saada itseään ylös, mutta vartija painaa häntä lattiaa vasten.

Toinen nuorempi vartija saapuu paikalle ja menee huoneeseen hoitaja perässään. Pian he saapuvat takaisin käytävään.

"Huone on tyhjä. Ei siellä ketään ole."

Toteaa pienempikokoinen nuori vartija.

"Täytyy olla! Tummapukuinen mies siellä tuolilla. Hän oli ottanut kutsunapin johdon pois seinästä."

Ilari yrittää jälleen nousta. Isokokoinen vartija nostaa hänet kevyesti ylös ja hetken Ilarista tuntui, että hän leijui ilmassa. Nuori vartija hävisi takaisin Ilarin huoneeseen. Kaikki käytävällä olleet seisoivat hiljaa odottaen vartijan paluuta huoneesta.

"Johto on seinässä."

Hän toteaa ja yrittää selvästi hieman madaltaa ääntänsä ollakseen vakuuttavampi.

"Vitut ole, jätkä laittoi sen takaisin."

Ilari yritti nyt kovasti päästä itse katsomaan asian paikkansapitävyyttä, mutta vartijan ote oli luja. Ilari vain hieman heilahtaa ja samalla hänen sukkansa luistavat jälleen liukkaalla lattialla. Ilarin jalat kadottavat otteen lattian pinnasta. Nyt hän roikkuu kirjaimellisesti vartijan otteessa. Vartija suorastaan kantoi Ilarin takaisin huoneeseen ja ennen, kuin irrotti tämän käsiraudoista, hoitajat pistivät hieman rauhoittavaa Ilarin pakaraan. Välittömästi hänen olonsa alkoi olla raukea, eikä hän enää jaksanut pistää vastaan, vaan vaipui jälleen uneen.

Unessa hän oli vaalean naisen kanssa, Alisan. Heillä oli herkkä ja kaunis hetki.

5

Ilarin aukoessa silmiään hän näkee tutun kellon seinällä. Kellon viisarit näyttävät nyt 8:33. Häntä ahdisti herätä tuosta samaisesta vuoteesta edessään tuo sama typerä kello seinällä.

Oikealle puolen sänkyä oli tuotu tuoli, jolla istui hiljaa paikallaan rikoskonstaapeli Marjut Ahjo.

"Huomenta Ilari. Sinulla taisi olla vauhdikas ilta?"

Ilari yrittää kääntää päätään nähdäkseen Ahjon paremmin.

"Voisitko hieman auttaa minua?" Hän katsoo Ahjoa anovasti.

Ahjo nostaa Ilarin sängyn päätyä pystympään asentoon. Samalla hän pöyhii littanaista tyynyä kuohkeammaksi Ilarin niskan alle. Poliisi jää seisomaan Ilarin sängyn viereen. Virallisen oloisena hän kehottaa Ilaria kertomaan eilisestä.

"Kertoisitko nyt hieman eilisestä. Mitä oikein tapahtui?"

"Kai sinulle on asiasta raportoitu?" Ilari hieman äreänä vastaa.

"Kyllä, mutta haluan sinun itsesi kertovan, mitä huoneessasi tapahtui ennen, kun sinä pakenit käytävälle?"

Samassa Ilarin puhelin alkoi soittaa Queen - yhtyeen kappaletta We Will Rock You.

"Anteeksi, mutta voisitko ojentaa vielä tuon puhelimeni?"

Ilaria hieman nolotti tuo soittoääni, miksi hän ei ollut ladannut soittoääneksi jotain hillitympää kappaletta. Rikoskonstaapeli kurottautui Ilarin ylitse yöpöydälle ottaakseen puhelimen, jonka Ilari olisi yltänyt itsekin ottamaan. Ahjon parfyymi tuoksui hyvältä. Ilari vetäisi vaistomaisesti hieman syvempään henkeä haistaakseen kunnolla tuon viehkeän tuoksun. Ahjo pysähtyi hetkeksi Ilarin ylle ja katsoi kysyvästi Ilaria käsi ojentautuneena kohti puhelinta. Ilari yritti esittää hurmaavan hymynsä, mutta lähinnä tuloksena oli koominen irvistys. Ahjo paiskasi puhelimen Ilarin käteen ja istahti sängyn vieressä olevaan tuoliin.

Puhelin jatkoi soimistaan. Näytössä luki Rautamo. Ilari vastasi puhelimeen.

"Huomenta Mauri."

"Huomenta. Kuule, minä kävin eilen Raimon asunnolla hänen papereitansa läpi ja löysin kummallisen muistilapun hänen papereiden välistä. Siihen oli kirjoitettu seuraavaa. *-He ovat pettäneet minut ja yrittävät nyt päästä minusta eroon. Uskon, että he yrittävät lavastaa sen itsemurhaksi!*"

Ilari oli hetken hiljaa, eikä osannut vastata Maurille mitään.

"Haloo, oletko sinä siellä?"

Rautamon ääni oli hieman ärtyneen oloinen.

"Joo, katsotaan sitä myöhemmin. Tule kun ehdit käymään täällä sairaalalla."

Ilari kuulee puhelimesta ambulanssin äänen, saman, joka kuuluu sairaalan edestä ulkoa.

Ilari katkaisi puhelun. Hän yritti olla mahdollisimman huolettoman oloinen, ettei Ahjo alkaisi kyselemään puhelun sisältöä. Ensin oli pohdittava noita Rautamon sanoja huolella.

"Lakimies." Hän kohotti puhelinta hieman ilmaan, niin kuin lakimies olisi ollut tuo puhelin.

"No siitä eilisestä illasta. Mitä oikein sattui?"

Hetken Ilari mietti, mitä hän voisi kertoa Ahjolle ja voisiko hän kertoa tälle rikoskonstaapelille totuutta. Hän päätti kuitenkin ottaa tummapukuisen miehen keskustelussa esille.

"Voi kuulostaa oudolta, mutta luonani on käynyt tuntematon mies, jolla on tummapuku. Hän on tavallaan uhkaillut minua ja …, en tiedä mitä hän oikein haluaa."

"Tuo mieskö oli eilen huoneessasi?"

"Kyllä. Hän käyttäytyi uhkaavasti. Hän on käynyt luonani jo aikaisemminkin. Mehän voisimme katsoa turvakameroista. Varmasti hän näkyy siellä."

Idea tuntui Ilarista hyvältä, vaikka hän itse sen sanoikin.

"No ei meidän nyt tarvitse niitä ruveta tutkimaan. Kerro vain mitä tapahtui?"

Ahjon sanat olivat pettymys Ilarille.

"Äh, ei kai mitään. Taisi olla vain lääkityksestä ja onnettomuudesta johtuvaa harhaa. En ole kyennyt ajattelemaan selkeästi sitten, kun menetin vaimoni ja lapseni tuossa onnettomuudessa."

"Hetkinen, mutta eihän teillä ole vaimoa ja lasta."

Ahjo katsoi suoraan Ilaria silmiin ja näki Ilarin silmissä kauhua sekä pelkoa. Ilarin silmät olivat kertoneet Ahjolle enemmän kuin tuhat sanaa. Ilaria oli petetty.

"En nyt ymmärrä mitä sinä sanoit?"

Ilari oli järkyttynyt, eikä pystynyt kunnolla enää ajattelemaan tai edes sanomaan mitään. Noiden muutaman sanan jälkeen hän vain tuijotti eteensä.

"Siis minun tietojeni mukaan olitte yksin autossa, kun onnettomuus sattui."

Ahjo yritti hieman pehmentää sanomaansa.

"On ilmiselvää, ettei teillä ole selvästikään muistikuvaa tapahtumista."

"Ei, ei todellakaan." Ilari totesi hyvin surullisella äänensävyllä.

"Jos tarvitsette jotain, soittakaa vain minulle. Numero teillä jo onkin."

Ahjo poistui hitaasti huoneesta katsoen vielä ovelta, kun Ilari istui kasaan painuneena sängyllään. Ilari ei tuntunut huomaavan Ahjon poistumista huoneesta, vaan hän alkoi miettiä Maurin sanoja.

"...vaimosi ja pieni vauvanne menehtyivät onnettomuudessa."

Miksi hän oli sanonut niin? Tässä oli todellakin jokin pahasti pielessä.

"Mutta minähän muistan Alisan ja vauvan. He olivat kanssani rantatalolla." Ilari alkoi hiljaa puhua itselleen.

"Tässä ei ole mitään järkeä."

Hänen ajatuksensa eivät pysyneet kasassa. Hän nojautui raskaasti patjaa vasten koettaen pitää silmiään auki. Hänen olonsa oli raskas ja väsynyt. Miehen silmäluomet eivät millään jaksaneet pysyä enää auki. Ne painuivat hiljaa kiinni.

6

Fysioterapeutti oli juuri saapunut Ilarin sängyn viereen.

Nuori, työnsä vasta kuukausi sitten osastolla aloittanut fysioterapeutti oli tullut katsomaan potilasta tarkoituksenaan sopia tämän kanssa kuntoutuksen aloittamisesta.

Rauhallisesta unestaan potilas herää, tarttuen voimakkaasti fysioterapeuttia kädestä kiinni. Samalla potilas alkoi huutaa kovalla äänellä.

"MIES AJAA PÄÄLLE! REKKA TULEE KOHTI!"

Ilari herää kauhuissaan ja huomaa tarttuneensa lujasti huoneessa olevan naisen käsivarteen kiinni.

"Anteeksi. Taisin nähdä unta." Hän sanoi nolona hätääntyneen näköiselle naiselle.

"Ei se mitään. Tuota...minä voin tulla myöhemmin. Niin olen fysioterapeutti ja tulin katsomaan vointiasi, mutta ehkä palataan asiaan myöhemmin."

Säikähtäneen kuuloinen fysioterapeutti otti muutaman askeleen taaksepäin ja kääntyi sitten nopeasti ovelle.

"Joo, ehkä se on parempi niin."

Ilari ennätti vielä sanomaan, ennen kuin ovi sulkeutui ja fysioterapeutti oli hävinnyt huoneesta.

Ilari muisti tuon unen, joka oli hänet herättänyt ja saanut fysioterapeutin juoksemaan karkuun.

Tuossa unessa hän oli nähnyt selvästi tumman rekan ajavan suoraan kohti hänen autoaan. Rekka lähestyi kovaa vauhtia Ilarin kaistalla, joten hänen oli väistettävä vastaantulevalle kaistalle. Ennen, kuin Ilari oli väistänyt rekan, oli hän nähnyt rekan ohjaamoon. Siellä oli istunut ratin takana tuo tummapukuinen mies. Mies oli puristanut hartiat kumarassa rattia varmistaakseen, että rekka suuntaisi vakaasti kohti Ilarin autoa. Ilarin auto oli rajusta väistöliikkeestä johtuen lähtenyt heittelehtimään päätyen lopulta pyörimään alas ojan piennarta pysähtyen lopulta isoon kiveen.

"Hitto, taas tuo mies. Kuka hän oikein on?" Hän kysyi itseltään.

Fysioterapeutti oli tällä välin keskustellut lääkärin kanssa ja ilmaissut vahvasti kantansa, ettei halunnut olla kuntouttajana potilas Mantereelle. Lääkäri oli hyvin ymmärtänyt nuoren naisen huolen.

Ilari halusi nyt todella kuumeisesti nähdä nuo valvontakameran kuvat. Hän soitti rikoskonstaapeli Ahjolle.

"Haloo. Manner täällä. Voisitteko tulla sairaalaan? Uskon, että pystyn nyt erottamaan sen miehen kasvot."

Ahjo lupasi Ilarille, että hän koettaa ennättää käydä sairaalalla ennen päivällistä.

Nyt Ilarilla oli aikaa miettiä tapahtunutta.

Hän otti jälleen tuon piirtämänsä aikajanan ja alkoi tarkastella sitä. Mitä oli tapahtunut edellisenä päivänä tai lähinnä yönä. Ilarista tuntui, että tuo yö oli ollut ratkaiseva hänen ja Raimon kohtalon, lopullisesti. Mutta miksi ja ketkä olivat tämän takana? Ilari mietti Maurin soittamaa puhelua ja sitä mitä hän oli lukenut Raimon kirjoittamasta lapusta.

-He ovat pettäneet minut ja yrittävät nyt päästä minusta eroon. Uskon, että he yrittävät lavastaa sen itsemurhaksi!

Ketkä he? Oliko Ilari yksi heistä ja miksi? Voisiko olla hän ja Alisa, mutta miksi? Raha, senkö takia riistää Raimon henki? Ei, ei se olisi Ilarin tapaista, tai niin hän ainakin ajatteli itsestään. Miksi Mauri sanoi, että Alisa on hänen vaimonsa tai miksi Ahjo ja tummapukuinen mies sanoivat, ettei Alisa ole hänen vaimonsa? Vauva, onko lapsi hänen? Niin ja ennen kaikkea, olivatko lapsi ja Alisa mukana autossa onnettomuuden sattuessa? Ilari ei unessaan kyllä ollut nähnyt heitä auton kyydissä, joten ehkä hän oli ollut autossa yksin.

Ilaria ärsytti, sillä hän ei saanut mitään selvää ajatuksistaan. Hänestä tuntui, että hän oli aina vain väsynyt ja tokkurainen.

Hoitaja toi nyt lounastarjottimen. Tarjottimella oli jälleen muovinen lääkekuppi, jossa oli tuttuun tapaan kaksi lääkettä. Hoitajan poistuttua huoneesta Ilari tuijotti noita lääkkeitä pienessä kupissa. Mitä ne oikeasti olivat? Hän sujautti lääkkeet aamutakkinsa taskuun ja söi normaalisti lounaan.

Puhelin alkoi soida. Se oli Rautamo.

"Hei Mauri. Miksi Ahjo sanoi minulle, että Alisa ei ole vaimoni ja että minulla ei olisi lasta?"

Oli hetken hiljaista puhelimen toisessa päässä, kunnes Rautamo alkoi puhua.

"Niin, no eihän teitä virallisesti oltu vihitty, mutta yhdessä te olitte. Ja tietääkseni lapsi on tai anteeksi, oli sinun."

"Se onkin toinen kysymys. Olivatko he mukana onnettomuudessa?"

"Ikävä kyllä he olivat. Voin tuoda sinulle heidän kuolintodistuksensa."

"Miksi minä en muista sitä?"

"Olithan saanut kovan iskun päähäsi ja aivosi olivat turvonneet hieman. Se vain vie vähän aikaa, että muistat asioita. Ota rauhallisesti vain ja syö hoitajien tuomat lääkkeet kiltisti. Kyllä se siitä."

Ilari oli jälleen väsynyt, eikä jaksanut puhua enempää.

"Taidan nukkua hiukan. Tule käymään, kun ehdit."

Ilari lopetti puhelun ja samassa harmitteli, miksei kysynyt kuulemastaan ambulanssin äänestä edellisessä puhelussa. Oliko Rautamo ollut sairaalalla soittaessaan Ilarille.

Ilari päättikin, ettei nyt nukkuisi, vaan menisikin virkistävään kylmään suihkuun. Niinpä hän pyysi hoitajaa, joka tuli hakemaan tarjotinta, auttamaan häntä suihkuun.

Hoitaja suojasi kipsin suuaukot muovikelmulla, jottei vesi menisi kipsin sisään. Sitten Ilari pääsikin lopulta kaipaamaansa virkistävään suihkuun.

Suihkun alla hän muisti, kuinka he olivat riidelleet tuon alttarilla hänen vierellään seisoneen naisen kanssa. Sanoja hän ei muistanut, mutta nainen oli lähtenyt riidan päätteeksi laukun kanssa pois rantatalolta. Kuka tuo nainen oli?

Suihkusta palattuaan Ilari huomasi, että vuode oli pedattu ja vuoteen päälle oli asetettu nättiin pinoon puhtaat vaatteet, myös puhdas aamutakki.

"Voi helvetti."

Ilari muisti laittamansa lääkkeet aamutakin taskussa. Hänellä oli ollut ajatuksena antaa ne Ahjolle. Ahjo olisi voinut tarkistaa lääkkeet. Olisi tullut selvyys siihen mitä nämä todella olivat.

Siivooja tuntui kolistelevan pyykkikärryään vielä käytävällä. Vielä ennättäisi saamaan pillerit takaisin. Ilari päätti rynnätä perään. Hän kiirehti käytävälle pelkkä pyyhe lanteillaan.

Käytävällä oli todellakin tuo pyykkikärry ja myös tuo harmaatukkainen vanha siivooja työntämässä niitä poispäin.

"Odota, pysähdy siihen!" Ilari nilkutti siivoojan perään.

Päästyään kärryjen kohdalle, Ilari alkoi tavoitella toisella kädellä likapyykkiä kärryistä.

"Herranen aika. Tämä mies on ihan sekaisin." Siivooja jatkaa kärryjen työntämistä eteenpäin välittämättä siitä, että Ilari roikkui niiden reunalla. Ilari menettää tasapainonsa ja kaatuu lattialle. Pyyhe miehen lantiolla irtoaa, kun Ilari joutuu käsillään ottamaan tukea lattiasta. Nyt hän sitten makasi lattialla ilkosillaan.

Käytävällä oli muitakin potilaita sekä vierailijoita. Osa jäi vain tuijottamaan, kun toisilta pääsi hiljaista hihitystä. Taisipa siellä joku ottaa salaa kuvankin kännykällään.

"Potilas Manner. Noustaanpa ylös ja mennäänpä huoneeseen. Ei ole soveliasta makailla alastomana käytävällä." Se oli rikoskonstaapeli Ahjo.

Niinpä tietenkin, juuri hänen piti saapua tähän tilanteeseen. Ilari ajatteli samalla arvioiden, ettei tainnut hänen pisteet ainakaan nousta Ahjon silmissä. Ahjo oli tuonut mukanaan hintelän miehen, jolla oli kansio ja laukku mukanaan. Miehen kasvoilla oli flirttaileva ilme. Ilari väänsi irvistyksen miehelle, joka selvästikin loukkaantui moisesta irvistyksestä.

Huoneeseen piiloon katseilta päästyään Ilari laittoi äkkiä aamutakin päällensä.

40

"Kuka tämä hiippari on?" Hän kysyi Ahjolta.

"Tämä "hiippari" on meidän poliisien syvästi arvostama piirtäjä. Hän voi piirtää meille kuvauksiesi mukaan kasvot tälle sinun "hiipparillesi"."

Ahjoa vieläkin hieman hymyilytti tuo käytävän episodi.

Ilari nousi istumaan sängynpäälle. Tuossa samaisessa hetkessä Ilarista tuntui, ettei hän ikinä pääsisi eroon tuosta epämukavasta sairaalasängystä.

Ahjo istui sängyn oikealla puolen olevalle tuolille ja piirtäjä istui nurkassa olevalle tuolille. Tuolle tuolille, jolla tummapukuinen mies yleensä tykkäsi istuskella.

"No niin, voit alkaa kuvailla miehen kasvoja."

Piirtäjä ilmoitti. Ilari alkoi kuvailla tummapukuisen miehen kasvoja. Hän joutui useasti korjaamaan kuvaustaan. Välillä hän ei ollut varma ollenkaan, kun taas hetkessä hän olikin aivan varma asiasta. Aikaa kului paljon ja yhdessä välissä piirtäjä pyysi, että aloitettaisiin alusta. Ahjo oli tehnyt omia muistiinpanojaan.

Lopulta kuva oli valmis. Piirtäjä käänsi kuvan Ilariin ja Ahjoon päin. Kuva selvästi esitti Ilaria itseään. Ahjo sekä Ilari itsekin olivat yllättyneitä.

"Tuo helvetin hintt… Äijä on vain ihastunut minuun! Tuokaa toinen piirtäjä!"

41

Ilari alkoi kiihtymään ja huitomaan käsillään. Piirtäjä läimäytti kansionsa kiinni ja nousi seisomaan. Hän vain katsoi Ilaria halveksuen hetken ja poistui ryhdikkäästi huoneesta.

"Eiköhän se ollut tässä."

Ahjo toteaa väsyneellä äänellä.

"Katso ne tallenteet tai tarkista edes lääkitykseni. Jotain kummaa tässä on."

"Koettaisit nyt levätä. Pian ne laittavat sinut suljetulle osastolle. Riehut ja juokset käytävällä alasti. Lepää nyt. Palataan myöhemmin asiaan."

Ahjo poistuu hieman pettyneen oloisena pois huoneesta.

7

Samaan aikaan, kuin Ahjo poistui Ilarin huoneesta, Ilaria hoitanut lääkäri keskusteli psykiatrisen osaston ylilääkärin kanssa. He olivat päättäneet Ilarin siirrosta psykiatriselle osastolle sekä siellä suoritettavista tutkimuksista, joita oli syytä tehdä potilas Mantereen kohdalla. Iltapalaa tuonut hoitaja ilmoitti siirrosta Ilarille.

"Tällä osastolla me teemme teille vielä huomenna magneettikuvaukset, mutta ylihuomenna aamusta teidät siirretään toiselle osastolle lisätutkimuksiin."

"Minne lisätutkimuksiin?"

"Lääkäri tulee kyllä sitten aamuna vielä keskustelemaan kanssanne. Älkää olko huolissanne, kyllä me pidämme huolen teistä täällä."

"En minä tästä huoneesta lähde kuin kotiin seuraavaksi."

"Ottakaapa nyt rauhallisesti ja levätkää yön yli."

"Levätkää ja levätkää. Ei täällä helkkari muuta tehdäkään. Makuuhaavat tässä saa."

Hoitaja poistu huoneesta, eikä uskaltanut enää sanoa mitään Ilarille.

Mitä hittoa ne nyt tutkivat. Ilari mietti maatessaan sängyllä hänen silmiensä tuijottaessa tyhjinä huoneen kattoa. Hän päätti huomenna itse ottaa selvää turvakameran tallentamista kuvista. Kyllä hän jotain keksisi miten, pääsisi vartiointikoppiin.

Hän kutsui hoitajaa painamalla kutsunappia. Ilarin mielessä käväisi epäilys kutsunapin toimivuudesta, mutta pian hoitaja saapuikin paikalle.

"Voisitteko tuoda minulle kävelykepin. Haluaisin hieman jaloitella."

Hoitaja oli aikeissa sanoa, että etteköhän te ole jaloitelleet ihan tarpeeksi, mutta viime hetkellä hän sai hillittyä itsensä. Hän vain nyökkäsi Ilarille ja kääntyi ovesta käytävälle.

Kohta tuo hoitaja palasi mukanaan musta kävelysauva. Ilari kiitti ja valmistautui pieneen kävelyretkeen.

Hän muisteli, että toinen vartija oli ilmestynyt kulman takaa suhteellisen nopeasti, silloin kun hänet oli raudoitettu käytävän lattialle. Ilari ajatteli, ettei se vartijoiden valvomo ole kaukana.

Hän astui käytävälle ja kulki hiljaa eteenpäin huomaten joidenkin hoitajien katsovan häntä hieman kummasti. Ilari yritti kulkea mahdollisimman huomaamattomasti.

Käännyttyään käytävällä samaisesta kulmasta, josta vartija oli aikaisemmin ilmestynyt hänen kiusakseen, hänen silmiinsä osui etsimänsä teksti. Siinä se ovi oli, jota hän etsikin. Ovessa luki: VALVOMO.

Hän ajatteli jäädä hetkeksi istumaan käytävälle oven vieressä olevalle pienelle sohvalle toivoen, että saisi jotain tietoa vartijoiden liikkeistä. Kuin tilauksesta valvomon ovi avautui ja kaksi vartijaa lähti juosten huoneesta. Toinen, edellä juokseva vartija puhui puhelimeensa.

"Ovatko molemmat vielä ensiavun käytävällä?"

Ilari ei enempää kuullut, eikä välittänytkään kuulla, sillä hänelle tarjoutui loistava tilaisuus mennä tutkimaan ne saamarin valvontakameran kuvat juuri nyt. Vartijat eivät jääneet tarkistamaan, että oven ilmapumppu olisi ennättänyt vetää oven kiinni. Ilmeisesti he luottivat, että se sulkeutui heidän perässään. Ilari sai ujutettua kävelysauvansa oven väliin ennen oven sulkeutumista. Hän katsoi vielä käytävän molempiin päihin, ennen kuin sujahti itse ovesta sisään.

Valvomossa oli paljon näyttöjä. Yhdestä hän näki noiden vartijoiden painivan kahden hieman nuhruisen oloisen tyypin kanssa. Mutta nyt ei ollut aikaa jäädä katsomaan tuota painiottelua, vaan oli löydettävä tuo kumma tummapukuinen mies.

Ilari alkoi hakea tallenteita parin päivän takaa. Hän vilkuili välillä vartijoiden puuhia toisesta näytöstä. Siellä paini jatkui.

"Ahaa! Siinä sinä olet!"

Hän kelasi kuvaa tummapukuisesta miehestä, mutta saikin pettyneenä todeta miehen olevankin lakimies Rautamon.

Rautamo näytti kuvassa selkäpuolelta tuolta mieheltä, mutta kun hän kääntyy katsomaan taaksensa, hänen kasvonsa näkyvät selvästi. Kuvassa näkyi selvästi myös tuo tuttu liike, kun hän sormella nostaa lasejansa ylöspäin nenänvartta pitkin.

Nyt vartijat olivat saaneet raudoitettua nuo riehujat käytävällä. Ilarin täytyi nyt kiirehtiä. Hän kelasi tallenteita ja huomasi jotain outoa. Tuo harmaapäinen vanha siivooja hääräili lääkevaunun luona. Hoitaja oli jakamassa Ilarin huonetta edeltävään huoneeseen lääkkeitä, kun tuo siivooja oli saapunut pyykkikärryn kanssa kohdalle ja aivan, kuin hän olisi vaihtanut yhteen lääkekuppiin lääkkeet.

Ilari vilkaisi vartijoita. Poliisi oli saapunut paikalle, mutta toinen vartija oli kadonnut. Minne vartija oli mennyt? Nyt Ilari näki toisessa kamerassa vartijan kävelevän valvomolle johtavalle käytävälle. Pian vartija olisi käytävän päässä ja näkisi Ilarin, jos hän avaisi valvomon oven.

"Hitto!" Ilari oli paniikissa.

Jälleen onnetar puuttui peliin.

Eräs hoitaja juoksi vartijan perään ja pysäytti tämän juuri, kun tämä olisi kääntynyt valvomolle johtavalle käytävälle. Ilari toimi nopeasti ja poistui huoneesta.

Oven napsahtaessa kiinni Ilarin perässä, ilmestyikin vartija jo käytävälle. Ilari pyyhkäisi otsaansa, se oli hiestä märkä. Se oli turhan lähellä,

Ilari huokaisi syvään ja nilkutti nopeasti omaan huoneeseensa.

Vuoteelle päästyään hänen mielessään pyöri vain tuo siivooja. Jotain oudon tuttua hänessä oli, mutta Ilari ei vain tiennyt mitä. Oliko hän oikeastaan nähnyt oikein. Jos siivooja olikin vain siirtänyt lääkevaunua pois edestään. Ilari ei ollut ollenkaan varma enää näkemästään. Mutta siitä hän oli varma, että huomisen jälkeen hän poistuisi sairaalasta. Täällä hän ei mitenkään pystyisi selvittämään tapahtumia. Hänen oli mentävä rantatalolle.

8

Yön saapuessa hiipi osa Ilarin muistoistakin hänen alitajuntaansa.

Hän näkee unta nyt tuosta riidasta kauniin naisen kanssa. Nainen puhui kiukkuisen itkunsekaisella äänellä Ilarille pidellen miehen molemmista olkapäistä lujasti kiinni. Aivan, kuin nainen olisi halunnut ravistaa miehen hereille ei vain verbaalisesti, vaan myös fyysisellä otteellaan.

"Miksi sinun täytyy tehdä lapsi juuri tuon vaalean tyhjäpään kanssa! Minä luulin, että meillä on kaikki kunnossa ja hyvin. Miksi Ilari, MIKSI?"

Surullisena ja ahdistuneena Ilari herää. Oliko todella niin, että hän olin naimisissa tuon bruneten kanssa, vai oliko hän enää. Ilari ei muistanut, että olisi kirjoittanut avioeropaperia alle. Vai oliko?

"Ei helvetti mikä soppa."

Hän haroo hiuksiaan ja vilkaisee kelloa. Sen viisarit näyttivät kymmentä vaille kaksi. Oli vielä yö, eikä häntä väsyttänyt yhtään. Entä jos hän lähtisi nyt rantatalolle. Olisihan hänellä aikaa, ennen kuin kukaan huomaisi hänen lähteneen. Yöhoitaja on käynyt noin kahden aikaan yleensä hänen huoneessaan. Toivottavasti tänäkin yönä.

Hän asettui makuulleen selkä ovelle päin. Tuo kipsissä oleva kipeä polvensa tarvitsi tuen, joten hän laittoi tyynyn jalkojensa väliin.

Nyt hän odotti ja kuunteli. Käytävällä liikkui joku, mutta kulkija meni hänen huoneensa ohi. Hän odottaa hiljaa oven avautumista ja hoitajan kurkistusta huoneeseen. On hiljaista. Ulkoa kuuluu joidenkin autojen ääniä sekä vaimeaa puhetta. Ilarin silmät painuvat kiinni ja uni sai hänestä otteen.

Aamupalaa tuova hoitaja aukaisi oven, johon Ilari herää säikähtäen.

"Ei helvetti! Onko jo aamu. No voi perkele!"

Hoitaja katsoi häntä paheksuen.

"Hyvää huomenta teillekin vain."

"Anteeksi, yö vain meni niin joutuisasti."

Ilari yrittää selittää. Aivan, kuin hänellä olisi ollut kiireinen yö.

"No en nyt niinkään sanoisi. Aika raskaita alkavat yövuorot olla tässä iässä."

Hoitaja vastaa väsyneenä.

Ilaria todella harmitti, että oli nukahtanut. Nyt oli vain jaksettava vielä tämä päivä. Tosin nyt hän voisi suunnitella tarkemmin pakoaan.

Aamiaisen jälkeen hänen päänsä ja niskansa kuvattiin. Polveen vaihdettiin hieman kevyempi tuki. Nyt Ilari pystyi hieman paremmin liikuttamaan polvea, mutta kipeä ja turvoksissa se oli yhä edelleen. Niskaan laitettiin myös hieman käytännöllisempi tuki. Se tuntui Ilarista mukavan kevyeltä. Hän ajatteli, että oli todella hyvä, että olikin nukahtanut yöllä, eikä ollut lähtenyt kompuroimaan kömpelöineen tukineen ja kipseineen. Tilanne vain parani. Hän sai uutta puhtia, eikä ollut ollenkaan äreä tai korottanut ääntä kertaakaan hoitajille.

Hoitajat hieman keskenään moista käännettä ihmettelivät. Eräs hoitaja totesi sen olevan tyyntä myrskyn edellä.

Päivällä Ilari sai tilaisuuden udella hoitajalta hieman tuosta iäkkäästä harmaapäisestä siivoojasta. "Onko tämä harmaahapsinen siivooja nainen ollut teillä kauan töissä?"

"Ei. Itseasiassaan hän tuli tuuraamaan, kun kaksi meidän vakituista siivoojaamme sairastuivat yllättäen. Kuinka niin?"

"Ajattelin vain, kun on ilmeisesti ikää kertynyt ja on hieman äksy."

"Niin hieman tulinen ja omissa oloissaan viihtyvä. Hassua, kun te kysyitte. Tänä aamuna hän ei saapunutkaan töihin, vaikka oli merkattu tulevaksi työlistan mukaan. Kai hänkin on sairastunut."

"Jaa. No sellaista on liikkeellä."

Ilari vastasi ajatellen, että tarkoituksella siivooja on jäänyt pois. Olisiko kuullut hänen siirrosta toiselle osastolle ja alkanut järjestelemään omaa siirtoaan. Tuota Ilari ei aikonut jäädä katsomaan.

Iltapäivällä Ilari tutki käytäviä ja tuli siihen lopputulokseen, että oli parempi tekeytyä tupakoivaksi potilaaksi. Tupakoitsioille haarautui pieni oma käytävä ulos, eikä siellä ollut, kuin yksi kamera oven sisäpuolella. Se ei näyttänyt varmastikaan kovin kauas oven edustalta.

Nyt kaikki alkoi olla selvää.

Huoneessaan hän tarkasteli komerossa olleita vaatteitansa, jotka hänellä oli ollut sairaalaan tullessaan. Paita ja takki olivat hieman veriset. Housuilla oli myös hieman verta. Ilari harmitteli, ettei ollut pyytänyt Mauria tuomaan puhtaita vaatteita. Samassa Ilari muisti, että Maurilla oli hänen avaimensa. Soittaisiko hän Maurille ja pyytäisikö hän Mauria tuomaan avaimen ja uudet vaatteet. Ei, hän ajatteli. Kukaan ei saisi tietää mitään hänen suunnitelmistaan. Rantatalon venevajalla oli vara-avain taloon. Nyt oli mentävä näillä rähjäisillä vaatteilla. Ja olihan tuolloin yö. Kuka nyt näkisi hänet pimeässä. Hän otti huomioon myös sen, että hänen oli hieman nukuttava. Olihan hänen jaksettava valvoa koko yön ja selvitettävä lopultakin, kuinka asiat olivat. Hän uskoi rantatalolta löytyvän ratkaisun kaikille kysymyksille.

Päivällisen jälkeen hän ajatteli nukahtaa hieman. Hoitajat eivät sitä varmastikaan ihmettelisi, sillä olihan hän yleensä ollut väsynyt ja nukahdellut päivälläkin.

Lääkkeitä Ilari ei ollut enää syönyt, vaan hän oli työntänyt ne patjan alle piiloon. Tosin hänen päänsärkynsä ja kivut niskassa sekä polvessa olivat pahentuneet, mutta ei hän uskaltanut ryhtyä arvailemaankaan lääkkeiden laatua. Jokin tuossa siivoojassa ja hänen touhuissaan painoi Ilarin mieltä. Vaikka hän ei voinut olla aivan varma valvomossa näkemästään tallenteesta, halusi hän varmistaa, että mikään tai kukaan ei keinotekoisesti pääsisi sekoittamaan hänen ajatuksiaan.

Uni ei tahtonut tulla millään. Hän vain pyöri sängyllä, vaikka hän koetti unohtaa hetkeksi kaikki ajatukset.

Hänen mieleensä pulpahti jostakin lääkärin lausunto, ettei hän voinut tulla isäksi. Nyt hän muisti sen selvästi. Hän oli ollut yksityisellä klinikalla tutkittavana lapsettomuudesta. Lääkäri oli todennut, ettei hänen siittiönsä olleet tarpeeksi vahvat selviytyäkseen "maaliin asti". Näin tuo lääkäri oli hänelle sen ilmaissut. Tämä on täytynyt tapahtua sen jälkeen, kun tuo brunette …, samassa Ilari muistaa naisen nimen.

"Hänen nimensä on Marika!"

Ilari oli hyvin iloinen, kun hän lopultakin muisti tuon naisen nimen.

Hän painoi silmänsä kiinni ja kuvitteli mieleensä Marikan kasvot. Marika oli hänen vaimonsa.

Ruokavaunujen kolina ja astioiden kilinä käytävällä herätti Ilarin hänen unestaan.

Oli iltapalan aika. Ilari tunsi itsensä levänneeksi ja oli nyt valmis toteuttamaan suunnitelmansa. Tosin oli maltettava vielä hetki.

Hoitaja toi tarjottimen, jossa oli kahvi, mehua lasillinen, pulla ja leipä. Leivän päällä oli makkara ja juusto. Voinappi oli asetettu leivän viereen. Ilari katsoin niitä hetken ja ajatteli, että näillä eväillä oli nyt sitten jaksettava luikkia pakoon. Keskittyneenä ajatuksiinsa mies söi nopeasti eväät jääden odottamaan, että hoitaja saapuisi pian noutamaan tuon tyhjän tarjottimen.

Tarjotinta noutamaan tulleelle hoitajalle hän totesi samalla teeskennellen väsynyttä venytellen ja haukotelle.

"Olisi mukavaa, jos yöllä hoitaja ei aukoisi ovea, sillä olen nukkunut huonosti heräillen yöllisiin hoitajien kierroksiin. Haluaisin nukkua tulevan yön kunnolla."

"Selvä. Otetaan asia huomioon. Hyvää yötä."

Hoitaja poistui huoneesta. Ilari kävi nyt vielä mielessään tulevaa reittiä.

Kello alkoi olla kymmenen ja käytävällä hiljaista.

Ilari kaivoi kaapista vaatteensa ja puki ne päällensä. Housut oli hieman vaikea saada jalkaan tuetun polven kohdalta, mutta lopulta hän sai ne puettua yllensä. Polvi ei tahtonut taipua, kun housut kiristivät lujasti tuen kohdalta. Paine oli kova ja hän joutui riisumaan housut pois. Hän tarvitsee sakset tai jonkin terävän esineen, jolla voisi ratkaista housujen sauman polven kohdalta. Ilarin katseli ympärilleen, mutta ei nähnyt mitään tarkoitukseen sopivaa. Seuraavaksi hän tutki vessan, mutta sinnekin oli tuotu muovimuki lasin tilalle, ilmeisesti turvallisuussyistä. Nyt oli vain lähdettävä pyytämään sakset hoitajilta.

Ilari puki aamutakin yllensä ja kinkkasi käytävälle. Hoitaja huomasi Ilarin ilmestyvän käytävälle.

"Onko jokin huonosti?" Hän kysyi.

"Ajattelin leikata kynsiäni. Olisiko teillä pieniä saksia lainaan?"

"Toki. Odota tässä hetki."

Hoitaja hävisi huoneeseen, jossa näkyi olevan hoitotarvikkeita. Pian hän kuitenkin palasi käytävälle takaisin kädessään pienet kynsien leikkaamiseen tarkoitetut sakset.

"Olen pian lähdössä kierrokselle. Haenko ne sitten huoneestasi?"

"Ei! Tarkoitan, että minä olen laittamassa pian nukkumaan ja haluaisin nyt nukkua hyvin, joten jos ette tänä yönä kiertäisi huoneessani. Herään herkästi."

"Asia selvä. Ehtiihän ne huomennakin noutamaan. Hyvää yötä."

"Yötä."

Ilari nyökkää matkaansa jatkavalle hoitajalle. Hoitaja poistuu valmistelemaan tulevaa kierrostaan. Nyt oli Ilarin ryhdyttävä toimimaan.

Huoneessa hän ratkoi pikaisesti housuista polven kohdalta sisäpuolelta sauman auki noin kymmenen sentin pituiselta matkalta. Housut menivät nyt paremmin jalkaan. Vielä aamutakki omien vaatteiden päälle. Nyt hän ei herättäisi huomiota, jos vartija tai joku muu sattuisi hänet näkemään. Hän oli potilas, joka oli vain menossa tupakoimaan.

Ilari kääntyy ovelta ja katsoo sänkyä. Siihen täytyy muotoilla vielä hieman ihmistä muistuttava hahmo, jos hoitaja sattuu vilkaisemaan ovelta. Pikaisesti hän nappaa pyyhkeitä ja varapeiton kaapista asetellen ne rullalle peiton alle. No ei se nyt kummoinen lopputulos ollut, mutta kun Ilari sammutti valot, ehkä se mytty kävi äkkiä katsottuna nukkuvan ihmisen muodolta.

Käytävä oli tyhjä. Ilari eteni aluksi hitaasti välillä nojautuen kävelykeppiinsä, jonka hän oli ottanut mukaansa. Hän kuunteli tarkoin, kuuluiko askelia. Oli ihmeen hiljaista. Hän ryhtyi kiiruhtamaan askeleitaan ja olikin pian tupakkakäytävälle johtavalla ovella. Huoneessa paperista taitellun valetupakan hän otti taskustaan kameran kohdalla, kun tehostaakseen aikeitaan. Hän laittoi sen suuhunsa ja astui ulos tupakkapaikalle, jossa oli vanhempi mies juuri tumppaamassa omaa tupakkaansa. Mies katsoi Ilaria ja paperikääröä Ilarin suussa.

"Nuo taitavat olla nyt niitä nykyaikaisia kevyt tupakoita. Kyllä siinä vaan raha menee hukkaan ja tupakkafirmat käärivät hyvät voitot moisista. On kaiken maailman sähkötupakoita ja …"

Päätänsä pyörittäen mies poistuu sisälle. Ilarin ei ehdi jäämään kummastelemaan tuota tapahtunutta. Nopeasti hän tempaisee paperikäärön suustansa ja alkaa kävellä pois ovelta.

Ulkona oli todella pimeää. Ilari otti sairaalan aamutakin pois päältänsä. Hän kääri sen kasaan ja heitti suuren puskan taakse piiloon. Nyt on päästävä vain joutuin rantatalolle.

Kulman takana oli taksipysäkki, jossa oli vain yksi auto odottamassa asiakasta. Ilari vilkaisi vielä ympärilleen. Yksi ihminen käveli kauempana kädet taskussa. Kulkijan pää oli syvällä hartioiden välissä, eikä Ilari uskonut tuon kulkijan piittaavan hänestä. Taksikuski istui avoimen ikkunan ääressä kuljettajan paikalla. Hän näytti hyvin nuorelta.

"Iltaa."

Ilari sanoi kuskille saapuessaan auton viereen.

"Iltaa. Kyydin tarpeessa?"

Kuski kysyi ja aukaisi samalla näppärästi takaoven vasemmalla kädellään.

"Joo, kyllä. Tiedätkö Nuottatien Uittoniemessä?"

"Joo tiedän, mutta valitettavasti en ole koskaan siellä käynyt. Olen aloittanut viikko sitten kuskin työn, mutta kyllä me sinne löydetään."

Ilari ujuttautui takapenkille kävelykeppinsä kanssa ja kiskaisi oven perässään kiinni. Hän halusi nähdä kuskin, joten hän siirtyi takapenkillä oikealle, apukuljettajan kohdalle. Taksikuski jatkoi juttelua.

"Niin, suoritin taksinkuljettajan kurssin ja nyt ollaan viikko ajeltu. Mikä se olikaan, se osoite?"

Kuski alkoi näppäillä tietokoneen näyttöä.

"Nuottatie 103, vanhan vaneritehtaan jälkeen se pitkä silta yli Uittoniemeen. Soratie alkaa siitä vanhan koulun kohdalta. Siitä on vielä noin neljä kilometriä perille. Talo on aivan tien päässä."

"Selvä. Lähdetään ajelemaan. Tosiaan en ole siellä koskaan käynyt. Tästä taitaa olla reilu viisitoista kilometriä tehtaalle?"

"Aika lailla."

Ilari vastaa. Kuski on hyvin puhelias, hän jatkaa jutustelua.

"Se taidettiin sulkea joskus kolmekymmentä vuotta sitten? Taisi lama vaikuttaa? Itse en vielä ollut silloin syntynyt, mutta se taisi olla aikanaan hyvä työllistäjä tälle seudulle."

"Itseasiassa ei lama tehdasta kaatanut, vaikka se kylläkin suljettiin 1993. Fuusio suuren yhtiön kanssa lopetti tehtaan toiminnan. Työpaikat ja koko toiminta vietiin saksaan vuoden kuluttua fuusiosta."

"A-haa. Tyypillinen fuusiohuijaus. Saksalaiset lupasivat tietenkin säilyttää työpaikat ja sitten vain viuh, koko homma pois maasta. Siinä tuli kovasti työttömyyttä. Eikös siellä Uittoniemessä ollut paljon työntekijöiden asuntoja? Niin sinähän puhuit jotain koulurakennuksestakin."

"Joo on siellä, mutta nyt kaikki on tyhjillään ja rapistuneita. Koulussa oli toiminut alaluokat ja samassa rakennuksessa oli ollut pieni kauppakin."

"Tuota, jos saa kysyä, miksi sinä sinne sitten olet matkalla?"

"No, minä ostin puolitoista vuotta sitten sen tehtaanjohtajan vanhan rantatalon. Vuosi siinä meni remontoidessa."

"Ok. Se taitaa olla aikamoinen lukaali?"

"Ei se nyt kyllä mikään linna ole, tai no on se ollut aikanaan varmaan loistelias."

"Hienoa, että ihmiset jaksavat pitää vanhoista rakennuksista huolta ja kunnostavat niitä. Nythän puhutaan, että tuohon vaneritehtaaseen oltaisiin laittamassa yrityksille toimistoja ja että joku norjalainen miljonääri olisi kaavailemassa sinne matkailukeskusta. Puhuvat, että ihan eksoottisia eläimiä ja kaikkea. Kuulin tuossa sellaistakin, että sinne niemelle olisi tulossa eläintarha ja ne asunnot otettaisiin uudelleen käyttöön."

"No jaa, kaikkeahan ne puhuvat."

Autossa tuli hiljaista ja Ilari oli tyytyväinen siitä. Ilmeisesti kuski alkoi ajattelemaan mielessään eläintarhaa ja tehdasta. Hyvin mietteliään oloiseksi hän vaipui.

10

Samaan aikaan, kun potilas Manner oli poistunut sairaalarakennuksesta paperikäärö huulillaan, oli rikoskonstaapeli Ahjo oman työpöytänsä ääressä tutkimassa papereitaan.

Hänestä oli alkanut tuntua, että Mantereen puheessa saattaisi olla jotakin perää, eikä vain onnettomuuden ja lääkkeiden aiheuttamaa sekoilua.

Henkilörekistereistä oli selvinnyt, että Manner oli nuorisokodin kasvatti. Hänen isästään ei ollut tietoa ja äiti, Irja, oli ollut alkoholisti. Mantereen äiti oli kuollut, kun poika oli ollut suorittamassa asevelvollisuuttaan.

Mantereen rikosrekisteristä selvisi, että miehellä oli ollut levoton nuoruus ja hän oli syyllistynyt anasteluun sekä pieniin tihutöihin. Ennen aseväkeen menoa Manner oli istunut lyhyen tuomion pahoinpitelystä. Pahoinpitely oli sattunut kostean kapakkaillan ikäväksi päätteeksi kadulla.

Miehet olivat ryhtyneet selvittämään erimielisyyksiään. Tuon selkkauksen johdosta toiselle osapuolelle oli jouduttu tekemään leukaluuhun korjausleikkauskin. Ilmeisesti sotaväessä mies oli alkanut jämäköityä, sillä sieltä päästyään hän oli hakeutunut opiskelemaan.

Opintojen ja muutaman työpaikan vaihdon jälkeen, Manner oli päätynyt samaan työpaikkaan Raimo Schulmannin kanssa. Miehet olivat perustaneet yhdessä yrityksen, jonka he olivat hiljattain myyneet suuremmalle yhtiölle.

Schulmannilla olikin aivan toisenlainen tausta. Hän oli suuren tehdassuvun viimeinen perillinen. Schulmannin isoisä oli vaneritehtaan perustaja Abel Schulman.

Abelin isä oli aikoinaan perustanut sahan Uittoniemen kylkeen. Abel, ilmeisesti Aapeliksikin häntä oli kutsuttu, oli muuntanut sahasta suuren vaneritehtaan, jonka oli myöhemmin taas perinyt Henry Schulman, Raimon isä. Ahjo huomasi, että kyseisessä suvussa oli ihmeellistä se, ettei Abelilla, Henryllä ja Raimolla ollut yhtään sisarusta. He olivat perheittensä ainoat perilliset. Mielenkiinnosta Ahjo koetti etsiä Abelin isästä tietoa, mutta edes etunimeä ei tuntunut löytyvän. Tiedoissa luki vain paroni tai sahanomistaja Schulman.

Vuonna 1993 oli Henry joutunut myymään isänsä tehtaan saksalaiselle suuryhtiölle. Schulmannit olivat henkilökohtaisessa vararikossa ja he olivat joutuneet myymään myös omistamansa maat Uittoniemessä. Käytännössä koko Uittoniemen. Isä Henrylle tämä oli ollut kova paikka ja hän olikin hirttäytynyt venevajaan vuonna 1994. Raimo oli ollut tuolloin 14- vuotias. Raimo oli muuttanut äitinsä, Saaran, kanssa Helsinkiin. Myöhemmin Raimo oli kuitenkin halunnut palata kotiseuduilleen ja näin hän sitten törmännyt Ilari Mantereeseen.

Mantereen sekä Schulmannin yhteisestä yritystoiminnasta ei Ahjo löytänyt mitään epäilyttävää. Ainoastaan hän kummasteli eteensä sattunutta kauppasopimusta, tai oikeastaan

Mantereen sekä Schulmannin välistä sopimusta kaupasta saaduista rahoista.

Miehet olivat laatineet sopimuksen, jossa puolen vuoden kuluttua yrityskaupan solmimisen jälkeen rahat jaettaisiin tasan osapuolten kesken, ellei toinen osapuoli rikkoisi sopimusta (tästä, mitä he tarkoittivat sopimuksen rikkomisella, ei löytynyt erillistä mainintaa) tai ellei toinen osapuoli kuolisi. Mutta, jos niin kävisi, saisi toinen osapuoli kokonaan itselleen tuon kahdenmiljoonan kauppasumman.

"No jopas nyt."

Ahjo ihmetteli ääneen. Hän nojautui tuolissaan selkänojaa vasten ja alkoi miettiä, liittyisikö tapahtumat nyt tähän sopimukseen. Olihan Schulman tehnyt isänsä kaltaisen päätöksen, mutta hänellehän oli tulossa miljoona tilille. Miksi hän nyt oli itsensä hävittänyt? Entä Manner ja onnettomuus. Kummasti mies suoralla tiellä ohjaa autonsa vastaantulevalle kaistalle ja niin lujaa ajaen, että menettää auton hallinnan niin, että auto päätyy pyörimään ojanpientareelle pysähtyen kiveen.

Ahjo hieroo niskaansa ja miettii, mitä hän ei nyt nähnyt ja liittyikö asiaan muitakin henkilöitä? Miesten tämänhetkisestä yksityiselämästä hän ei löytänyt mitään mainintaa. Hän päätyikin lopulta siihen tulokseen, että sairaalan valvontakameran tallenteet oli käytävä läpi.

Ahjo otti takkinsa tuolin selkänojalta ja suunnisti kohti sairaalaa.

11

Taksin katolla keltainen valo loisti pimeässä. Auto kiisi nyt vaneritehtaan ohi kohti siltaa, joka johdatti kulkijansa autioituneeseen Uittoniemeen.

Sillan ylityksen jälkeen kuski alkoi taas puhua.

"Aika komea silta ja varmasti päivällä, valoisan aikaan hienot maisemat merelle."

"Onhan ne."

Ilari vastaa vähäpuheisesti samalla huomaten ikkunasta katsoessaan suuren kiven sekä autonsa tuota kiveä vasten. Poliisien nauhat lepattivat niiden ympärillä tuulessa.

"Mitäs tuossa oli sattunut?"

Kuski ihmetteli yrittäen vielä kurkkia taaksensa nähdäkseen vielä jotain.

"Auto siinä oli kiveä vasten."

Ilari toteaa rauhallisesti.

"On varmaan kuskille käynyt pahasti."

63

"Joo, varmaan."

Ilaria ei huvittanut avautua juuri nyt asiasta kuljettajalle. Hän vain nosti hieman takkinsa kaulusta korkeammalle peittääkseen niskatukensa samalla miettien, ette onneksi kuski ei osannut yhdistää häntä tuohon autonromuun.

He ajoivat ohi aavemaisten autiotalojen ja koulurakennuksen. Pian tie muuttuikin soratieksi.

"Hitto, tämä on aika kurjassa kunnossa. Sateen tekemiä kuoppia on paljon."

Kuljettaja totesi huolestuneella äänellä. Hän korjasi ajoasentoa ja samalla hiljensi nopeutta huomattavasti.

"Kuinka pitkä matka sinne olikaan?"

Hän kysyy Ilarilta hieman huolestuneesti.

"Jotain nelisen kilometriä."

"Voi hitto. Anteeksi."

Ilaria hieman huvitti nuoren kuskin jännittynyt olemus.

Maisema pimeni entisestään. Heidän ympärillään oli sakea kuusimetsä, joka söi sisäänsä jokaisen valon rippeenkin.

Tie mutkitteli saapuen lopulta jyhkeän sisääntuloportin kohdalle. Vanhat rautaiset portinovet olivat auki vasten kivimuuria. Tie aukesi portin jälkeen pitkäksi suoraksi kohti taloa.

Rakennus näytti pimeässä aavemaiselta. Talo oli puurakenteinen, mansardikattoinen vanha kartano. Talon edessä oli auto. Sisältä talosta astui suurelle kuistille mies. Mies katsoi taloa kohti tulevaa auto.

"Helvetti! Se on se tummapukuinen mies. Sillä on kädessään ase! Käännä auto äkkiä takaisin. NOPEASTI!"

Ilari kauhistui ja hakkasi vasemmalla kädellään kuskin istuinta, kuin tehostaakseen sanojaan.

"Mitä helvettiä nyt?!"

Nuori kuski säikähtää äkkinäisestä käänteestä ja paniikissa painaa kaasua samalla kääntäen vauhdikkaasti auton takaisin tulosuuntaan. Onneksi pihamaa oli aukea ja tasainen. Auton renkaat syytivät pihalle levitettyä sepeliä kauas taaksensa.

"Kuka se oli?"

Hän yrittää katsoa taaksensa nähdäkseen tuon tummapukuisen miehen, mutta Ilari komentaa häntä kovalla äänellä.

"AJA NYT HELVETTI VAIN POIS TÄÄLTÄ!"

Auto heittelehtii ensin hieman. Onneksi kuljettaja sai auton kulkemaan suoraan, ennen kuin he tulivat tuon massiivisen kiviportin kohdalle. Ilari katsoi taustapeilistä heidän taaksensa, sillä niskatuki ei antanut myöten, että hän olisi voinut katsoa takalasin kautta taaksensa. Auto oli lähtenyt heidän peräänsä ja sen valot kiiluivat taksin taustapeiliin.

"Paina nyt sitä kaasua! Se äijä lähti perään!"

Ilari hoputtaa kuskia tuskaisena. Auto pomppi kuopissa, kuin kenguru. He eivät päässeet kauas, kun kuski menetti auton hallinnan. Loivaan mutkaan tultaessa auto luisui ojaan keulan tömähtäessä kovalla vauhdilla ojanpohjaa vasten. Kuljettaja iskeytyi rajusti vasten ohjauspyörää. Ilari ennätti ottamaan käsillänsä tukea apukuljettajan istuimen selkänojasta. Törmäyksessä hänen päänsä tönäisi vaimeasti istuimen niskatukea.

Hetken päätänsä alaspäin riiputettuaan, Ilari katsoi nuorta kuljettajaa. Kuljettajan sieraimista alkoi vuotaa verta. Ilari arveli miehen kuolleen, sillä hän ei huomannut kuljettajan hengittävän. Nyt ei ollut aikaa ryhtyä sitä enempää tutkimaankaan. Hän tönäisi takaoven auki. Pois autosta hän ei päässyt muutoin, kuin kontaten. Hänen jalkansa tuntuivat voimattomilta. Takaa tulevan auton valot viilsivät horisontaalisesti metsää, kuin etsien jotakin. Tuon auton kuljettaja joutui myös kiertelemään noita sateen tekemiä kuoppia. Tämä kuljettaja ajoi paljon hillitymmin, kuin hätääntynyt nuori taksikuski. Ryömiessään kauemmas autolta, Ilari kuuli auton olevan jo aika lähellä. Hänen toiveensa pakoon pääsemisestä tuntuivat olevan olemattomat.

Ilarin pimenevä mieli piirsi jo kuvaa, kuinka tuo tummapukuinen mies käveli hänen taakseen ase kädessään. Hän tulisi varmasti kuolemaan. Paniikki valtasi Ilarin vartalon, eikä hän kyennyt enää liikkumaan. Hän vain makasi mahallaan kostealla kankaalla. Metsän tuoksu oli varmasti hänen viimeinen muisto tästä maailmasta. Niin hän nyt ajatteli valmistautuessaan kuulemaan tuon dramaattisen laukauksen selkänsä takaa.

Auto pysähtyi ja sen ovi avautui. Askeleet kulkivat ensin taksin luokse, ilmeisesti tuo tummapukuinen mies varmisti, että kuljettaja oli pois pelistä. Seuraavaksi askeleet kävivät kohti Ilaria. Paniikissa Ilari alkoi huutamaan, mutta huuto katkesi kovaan iskuun takaraivossa. Tuo kova isku pimensi Ilarin maailman täysin.

12

Huoneessa oli hämärää. Ilari tunsi ranteidensa ympärillä olevan kylmät käsiraudat. Molemmat kädet olivat viety tuolin selkänojan taakse yhteen.

Hän ei hetkeen tunnistanut huonetta, mutta pian hänen silmänsä hahmottivat tutut esineet ympärillä.

Hän oli omassa työhuoneessaan rantatalolla. Edessään hänellä oli oma työpöytä. Yleensä hän istui pöydän toisella puolen, mutta nyt hänet oli laitettu istumaan työpöydän toiselle puolen vierailijalle tarkoitetulle istuimelle. Ehkä siksi hän ei heti tunnistanut huonetta.

Ilarin selän taakse jäänyt ovi avautui. Oven saranat hieman narahtivat, kun raskas tammiovi kääntyi huoneeseen sisälle päin. Askeleet kuulostivat keveämmiltä, kuin tummapukuisen miehen askeleet. Huoneeseen oli astunut joku muu kuin tuo tummapukuinen mies, siitä Ilari oli varma. Hänen niskaansa sattui ja hänen operoitu polvensa tuntui olevan tunnoton. Askeleet kiersivät hitaasti Ilarin vasemmalta puolen ohittaen huoneen suuren kokoseinän kattavan kirjahyllyn. Vain seinän loppupäässä, Ilarin työtuolin kohdalla oli kapea korkea ikkuna. Ilari oli suurentanut ikkunaa remontin yhteydessä. Ikkuna ylettyi nyt lattiasta kattoon ollen vain reilun metrin levyinen. Tuon korkean ja kapean ikkunan eteen ilmestyi nyt tumma hahmo. Ilarista hahmo näytti naiselta, jolla on kapea vartaloa myötäilevä mekko päällä.

"No niin, kulta. Nyt on aika tehdä tilit selviksi."

Vaalea hoikka penikokoinen nainen astui työpöydän toiselle puolen. Hänen äänensä oli katalan ilkeä ja Ilarille tutun kuuloinen. Nainen istui

Ilarin tuolille samalla nojautuen eteenpäin sytyttääkseen vanhan pöytävalaisimen. Lampun syttyessä naisen kasvot tulivat valaistuksessa esiin.

"ALISA! MITÄ IHMETTÄ TÄMÄ ON?"

Ilarin kasvot valahtivat kalpeiksi. Nyt hän luuli näkevänsä unta.

"Tämä ei voi olla todellista."

Hän sanoo ja tuijottaa suoraan kohti Alisaa suu avoimena.

"Kyllä vain tämä on totta armaani."

"Mutta Mauri kertoi sinun olevan kuollut! Ja vauva. Missä poika on?"

"Älä sinä pojasta huolehdi, poika on hoidossa hyvissä käsissä. Ja mitä Mauriin tulee, se nahjus seisoo huteralla jakkaralla naru kaulassaan tuolla venevajassa. Odottaen vain, milloin se laho jakkara pettää hänen altansa, jos ei jo ole pettänyt."

"Mitä tämä on? Ala selittää! En ymmärrä tästä yhtään mitään?"

Ilari yrittää nousta seisomaan, mutta huomaa nyt, että hänen jalkansa ovat myös sidotut tuolin jalkoihin.

"Istu vain paikallasi, niin minä kerron sinulle pienen tarinan. Olet tietenkin ansainnut kuulla sen, ennen kuin siirryt ajasta ikuisuuteen."

Alisa nojautui rentoutuneen oloisena tuolin korkeaa ja mukavasti pehmustettua selkänojaa vasten. Oikeassa kädessään hänellä oli Ilarin CZ 75 9 millinen pistooli. Ilari tiesi kuinka mukava ja pehmeä tuo tuoli oli ja siksi häntä ärsytti istua vierailijalle tarkoitetussa kovassa epämukavassa pienessä, aivan liian pystyasentoon muotoilussa selkänojallisessa jakkarassa. Hän tiesi myös, että tuo ase oli erittäin tarkka ja lippaaseen mahtui 20 panosta.

"Mitä helvettiä sinä olet tehnyt Maurille?"

"Ennemminkin, mitä minä olen teille kaikille tehnyt."

Alisan kasvot ja hiukset hämärässä näyttivät nyt tuolta sairaalan vanhalta siivoojalta.

"Hitto soikoon! Sinä esitit sitä sairaalan vanhaa siivoojaa!"

"Totta, eikö ollutkin Oscar— palkinnon arvoinen suoritus. Peruukki päähän ja maskia naamaan. Et sinäkään tunnistanut minua."

"Mitä tarkoitit sanoessasi meille kaikille?"

Alisan omahyväinen hymy ärsytti Ilaria.

"Jos maltat olla hetken hiljaa, voin kertoa kaiken sinulle."

Ilari veti syvään henkeä ja katsoi Alisaa suoraan silmiin.

"No niin, anna tulla."

"Lähdetään siitä liikkeelle, kun sinä päätit ostaa tämän rantatalon puolitoistavuotta sitten. Päätit tehdä mahdollisimman paljon itse, sillä halusit tehdä välillä muutakin, kuin istua toimistossa. Talo kuului ennen Raimon suvulle, mutta Raimon isä Henry oli joutunut luopumaan talosta ja taloa ympäröivistä maista, eli käytännössä koko niemestä. Raimo oli tuolloin aika nuori, ehkä rippikouluikäinen."

"Miten tämä nyt siihen liittyy?"

Ilari on hieman kärsimätön ja yrittää saada asentoaan muutetuksi, mutta hän on tiukasti kiinni tuolissa.

"Ole nyt hiljaa ja kuuntele!"

Alisa nousee seisomaan. Hän alkaa kävellä pöydän takana hitaasti edestakaisin pidellen asetta molemmilla käsillä.

"Siis. Raimo kuului tähän surullisen kuuluisaan Schulmanien sukuun, jossa oli niukasti perillisiä, varsinkin suvun tässä haarassa. Mutta siirrytäänpä tarinassa hieman minuun. Minä ja ex- vaimosi, tuo ärsyttävä Marika, saavuimme melkein yhtä aikaa yritykseenne töihin. Eli suunnilleen kaksi vuotta sitten. Marikasta en tiedä mistä hän saapui tänne, en koskaan edes välittänyt tietää. Minun sukuni on myös lähtöisin täältä, mutta kaikki he joutuivat muuttamaan perheineen pois, Norjaan, sillä Schulmannien suku teki katalan tempun. Alun perin sukuni eli Jernin suku omisti tämän niemen, tosin he eivät asuneet täällä, mutta tuo katala Abel Schulman petkutti maat itsellensä."

Alisa oli pysähtynyt ikkunan eteen ja katsoi ulos pimeyteen.

"Miten hän nyt sen teki?"

Ilari hieman ivallisella äänensävyllä houkutteli Alisaa jatkamaan.

"Se mies ei kertonut aikeistaan muuttaa sahan toimintaa vaneritehtaaksi ja salasi sen, että halusi tehdä niemestä asutun. Hän oli kertonut tarvitsevansa niemen sahapuille varastoalueeksi, mutta saikin hyvin tuottoa vuokratuloilla taloista, jotka hän rakennutti. Tosin olihan osa hänen työntekijöiden asuntoja, mutta vuokraa hän oli niistäkin perinyt. Jos isoisäni olisi tuon tiennyt, ei hän olisi niemeä myynyt tuhottavaksi. Hän ei halunnut jäädä katsomaan Schulmannien töykeää ihmisten rahastusta."

Alisa oli siirtynyt takaisin pöydän viereen ja kuin tehostaakseen sanojaan hän läimäytti voimakkaasti avokämmenensä pöydänpintaan.

"Minä olin tullut hakemaan omani pois, mutta sinä sotkit minun kuvion. Minun oli määrä saada Raimo ostamaan talo ja niemi meille."

"Meille?"

Ilari katsoi nyt kysyvästi Alisaa.

"Siis minulle ja Raimolle. Minä sain Raimon helposti koukkuun. Ei hänelle paljon tarvinnut silmiään räpytellä tai persettä keikutella. Hän oli

72

vain niin saatanan nahjus, eikä saanut ostettua tätä pirun niemeä itselleen. Sinä taas iskit silmäsi tuohon Marikaan ja veit hänet alttarille. Kaiken hyväksi ostit nenäni edestä tämän paikan. Minun oli äkkiä muutettava suunnitelmaa ja kiilata teidän avioliiton väliin."

"Helvetin akka! Mitä sinä olet tehnyt!"

Alisa istui jälleen tuolille pöydän toiselle puolen. Ase oli hänen oikeassa kädessään. Sillä hän naputti itseään ohimolle.

"Mutta minä olin fiksu tyttö ja lavastin sinut isäksi. Sitä sinäkään viisas ja kaikkitietävä Ilari, et osannut epäillä."

"AHA! Osasinpas! Minä kävin tutkimuksissa ja siellä selvisi, että en voinut olla lapsen isä, sillä siittiöni olivat heikot, eivätkä voineet hedelmöittyä."

"HA- HAA! Kuulkaa kaikki, suuren ja mahtavan Ilarin siittiöt ovat heikot! HAH- HAH- HAA! Anna minun nauraa kohtalon ivalle!"

"Helvetin akka, kun minä vain pääsisin tästä tuolista irti, minä saatana näyttäisin sinulle!"

Ilari yritti riuhtoa itsensä irti tuolista, mutta jaloissa olevat siteet olivat todella lujasti kiinni. Ilari ajatteli, ettei Alisa ollut voinut saada niitä niin tiukalle yksin, hänellä täytyy olla mies apuna.

"Kuule ämmä. Et sinä yksin kaikkea järjestänyt, sinulla täytyi olla joku paskapää kaverina."

"Ei teitä miehiä pyörittämään tarvitse, kuin yksi hento nainen. Etkös sinä sitä ole Ilari - rakas vielä huomannut?"

Tuota Ilari ei uskonut. Missä se tummapukuinen mies nyt lymyilee. Hänen täytyy olla Alisan rikoskumppani. Alisa keinutti tuolia. Tuolissa olevat jouset keinuivat sopivasti, mutteivat olleet liian pehmeät. Ne antoivat rauhallisen sopivan keinuvan liikkeen viemättä istujaansa liian taakse. Nainen jatkoi.

"Yksi kostea ilta ja sopivasti lasiin huumaavaa lisuketta. Mies kuin mies on valmis toimiin. Oli sitten lapsi sinun, Raimon, Maurin tai kenen lie. Sinä uskoit minua, sillä olihan tiedossa, että Raimon se tuskin oli. Sinäkin tiesit heidän sukunsa heikot suvun jatkamisen mahdollisuudet. Sinä niin usein Raimolle siitä ilkuit ja kuinkas onkaan, omat siittiösi eivät jaksa uida! Olisipa Raimo nyt kuulemassa moista!"

"Maurin? Olitko sinä hänenkin kanssaan?"

"Ei sillä väliä kenen kanssa olen ollut. Vain se oli tärkeää, että tulin ajoissa raskaaksi ja sain sinut uskomaan sen olevan sinun. Olisit varmaan pystynyt asian salaamaan Marikalta, mutta ehkä minun täytyi hieman antaa vihjeitä ex- vaimollesi. Hän nyt osasi yhdistää jättämäni johtolangat ja niin oli avioliittosi ohi."

Ilari ei enää jaksanut kuunnella. Hän alkoi tosissaan nykimään jalkoja irti tuolista.

"SAATANA!"

"Sinäpäs sen nyt sanoit. Kyllä olen joutunut "manaamaan" apujoukkoja ahkerasti henkiseen sodankäyntiin. Hyvin olenkin siinä onnistunut. Raimo - riepu päätti itse hypätä narun jatkeeksi, isänsä esimerkkiä noudattaen. Se oli minulle liian helppoa, eikä minun tarvinnut ujuttaa köyttä hänen kaulaansa, kuten Maurin tuolla venevajassa. No nyt minä liioittelin. Kyllä hän itse sen köyden kaulaansa laittoi, tosin saatoin hieman aseella uhkailla. No mutta tärkeintä oli nyt se, ettei minun DNA:ta jäänyt mihinkään. Ellet ole sattunut huomaamaan, pidän mustia hanskoja käsissäni."

Alisa pyöritti vasenta kättään ranteesta, kuin olisi ihastellut kiiltäviä mustia nahkahansikkaitaan. Ilari pysähtyy ja lopettaa rimpuilemisen. Hän yllättyy, ettei ollut aikaisemmin asiaan kiinnittänyt huomiota.

"No helvetti! Meinaatko sinä tosiaan ampua minut!"

"Ei kai me turhaan tässä tilanteessa olla. Sinä Ilari hieman sekosit ja pakenit sairaalasta. Tulit rantatalolle ja huomasit Maurin olevan täällä. Luulit häntä... miksi sinä nyt kutsuitkaan taas sitä miestä... tummapukuiseksi mieheksi. Sitten päätit pistää

Maurin hirttosilmukkaan, mutta ilmeisesti lopulta ymmärsit, että olit toiminut väärin ja hupsis, ammuit itsesi. Tuskin kukaan sitä kovinkaan kummallisena pitäisi, ei edes se lantiotaan keikuttava poliisi. Varsinkaan aikaisemmin tekemiesi tempausten jälkeen."

"Mitä sinä hyötyisit minun tappamisestani? Ethän sinä pääsisi edes yrityskauppa rahoihin kiinni?"

"Väärin. Tehän muutitte sopimusta puoli vuotta sitten."

Alisa katsoi Ilaria terävästi suoraan miehen silmiin. Ilarista tuntui pakonomaiselta vastata tuohon toteamukseen.

"Kyllä. Pitää paikkansa."

"Sopimuksessa on kirjoitettu kohta sopimuksen rikkomisesta. Siihen on laadittu liitteeksi erillinen paperi, jossa mainitaan myös seuraavasta seikasta."

Alisa ottaa pöydältä mustan kansion. Ilari tunnistaa sen olevan Maurin kansio.

"No niin, tässä."

Nainen nostaa yhden irtonaisen paperiarkin lähemmäksi valaisinta.

"Mikäli käy niin, että molemmat osapuolet sattuisivat kuolemaan, tuolloin heidän mahdollinen jälkeläisensä perii kyseisen kauppasumman sekä molemmilta jääneen omaisuuden. Häntä huoltava aikuinen huolehtii perillisen tarpeista kyseisillä perintörahoilla."

"En minä muista mitään tuollaista kohtaa sopimuksessa."

Ilari olisi halunnut nähdä paperin. Hän yrittää nojautua tuolillaan pöytää kohti, mutta Alisa sujauttaa paperin takaisin kansioon.

"Siinä on teidän molempien allekirjoitukset ja se riittää. Poikani on perillinen ja minä hänen huoltajansa, joten käytännössä minä saan nuo rahat ja muun omaisuuden."

"Ei tuollaista ole sopimukseen kirjoitettu!"

"Raimo kirjoitti paperiin nimensä ennen, kuin päätti ryhtyä roikkumaan ja Mauri näppäränä miehenä haki sinun allekirjoituksesi, kun sinä hourailit sairaalassa. Maurihan nyt oli vain yksi pelinappula laudallani."

"Selitähän nyt minulle, miten järjestelit kaiken? Aloita vaikka siitä yöstä joka johti lopuksi Raimon hirttäytymiseen aamulla."

Ilari siristi silmiään ja taivutti hieman päätänsä sivulle, sen minkä tuki antoi myöten. Hän halusi nyt kuumeisesti kuulla tuon taitavan naisen juonen kokonaisuudessaan.

"Jaa, että kuinka kaikki kävi. No. Minä ja vauva olimme täällä sinun kanssasi edellisen päivän, mutta lähdimme yöksi kaupunkiin. Vauva oli hieman levoton ja itkuinen. Pojalle oli noussut kuume, kun saavuimme perille kaupunkikotiin. Sitä en tiedä mitä sinä olet sen yön täällä puuhaillut, mutta seuraavana päivänä kuulin onnettomuudestasi."

"EI. Ei se voi pitää paikkaansa, sillä sinunhan on täytynyt järjestää itsesi siivoojaksi sairaalaan. Sinun on TÄYTYNYT tietää jo etukäteen, että minä sinne joudun."

"Ei se ole vaikeaa järjestää pienet vatsataudit muutamalle siivoojalle. Katsos Ilari, minulla on suhteita monenlaisiin tahoihin."

Ilari näki Alisan silmissä pelottavan häivähdyksen, tuo epäluonnollisen oloinen häivähdys sai Ilarin hieman hiljenemään. Hän ei hetkeen uskaltaisi katsoa Alisaa silmiin. Hän laski katseensa maahan, kuin alistettu koira isäntänsä edessä.

Alisa käveli jälleen ikkunan luo, mutta jäi nyt hieman valolta varjoon, kuin olisi halunnut seurata Ilarin kärsimystä hieman kauempaa, varjosta vaanien.

13

Sairaalalle saapuessaan Ahjo käveli suoraan valvomoon.

Kaksi vartijaa oli paikalla. Toinen vartija oli suurikokoinen tumma mies. Toinen taas oli nuorempi ja kooltaan hieman pienempi, mutta silti hyväkuntoisen oloinen mies. He molemmat olivat hyvin hermostuneen oloisia. Ahjo pisti merkille vartioiden levottomuuden ja kysyi.

"Onko jokin pielessä?"

Vanhempi isokokoinen vartija hieroi niskaansa, samalla hänen katseensa harhaili lattianpintoja pitkin.

"Kollega hukkasi käsirautansa. Eikä niitä vain löydy mistään."

"Oletteko joutuneet raudoittamaan ketään nyt illalla?"

"Joo, mutta poliisi palautti raudat ja ne olivat minun."

Vartija jatkoi.

"No kyllä ne jostakin esiin tulevat. Mutta nyt minun olisi nähtävä hieman kuvamateriaalia tallentimilta."

Ahjo istui näytön eteen ja alkoi hakea tapahtumia Mantereen huoneen läheisyydestä. Välittömästi hän näki, kuinka Manner oli poistunut huoneestaan hieman oudosti käyttäytyvän oloisena. Ahjo seurasi Mantereen etenemistä tupakkapaikalle johtavalle käytävälle. Oven eteen saavuttuaan Manner otti taskustaan jotakin ja laittoi sen suuhunsa. Ulkona Manner pysähtyi ja ilmeisesti vaihtoi muutaman sanan vanhemman miehen kanssa. Tuo vanhempi mies jatkoi verkkaisesti matkaansa sisälle. Hän pyöritti hieman päätään ja puhui vielä, vaikka ovet olivat jo sulkeutuneet hänen takanaan.

Manner oli hävinnyt kamerasta. Ahjo kelasi tallennetta hieman nopeammin eteenpäin, mutta ei nähnyt Mantereen palaavan sairaalaan ainakaan tuosta tupakkapaikan ovesta. Ahjo aavisti, että Manner oli lähtenyt aikomatta palata takaisin.

"Tulen kohta takaisin."

Hän sanoi vartioille ja kiiruhti käytävälle. Siellä hän jatkoi matkaa kohti potilas Mantereen huonetta.

Huoneeseen saavuttuaan hän näki, että vuode oli tyhjä. Huoneen valot olivat päällä, eikä huoneessa ollut ketään. Ahjo suuntasi nyt askeleensa suoraan kohti hoitajien lasi-ikkunoilla avoimeksi tehtyä päivystyshuonetta.

Ovi päivystyshuoneeseen oli auki ja puheen sorina kuului jo kauas. Huoneessa oli paljon henkilökuntaa. Ahjo seisahtui huoneen oviaukolle.

"Rikoskonstaapeli Ahjo! Hyvä, että saavuitte paikalle. Olimme juuri soittamassa poliisille. Meillä on potilas kadoksissa, Manner. Hoitaja oli käynyt aivan äsken potilaan huoneessa ja huomannut heti vuoteen olevan tyhjän."

Ilaria hoitanut ja hänen polvensa operoinut lääkäri oli todella huolestuneen oloinen. Lääkäri jatkoi.

"Tässä ovat psykiatri Anneli Tanner ja neurologi Harri Ahma. He ovat tutkineet useaan otteeseen Mantereen magneettikuvia sekä psykiatri Tanner on hoitanut Mannerta jo vuoden."

Ahjo tervehti molempia lääkäreitä kättelemällä. Psykiatri Anneli Tanner oli pieni hieman tukevahko keski- ikäinen nainen. Harri Ahma näytti pikemminkin hajamieliseltä professorilta sekavan, pitkähkön harmaantuvan tukkansa kanssa. Ahman silmälasit olivat aivan hänen nenänsä päässä. Ahjon teki mieli tuupata sormellaan miehen lasit ylemmäksi, jottei ne vain tippuisi. Ei hän toki sitä tekisi, kiusaus oli vain suuri.

"Voimme mennä keskustelemaan rauhassa minun huoneeseeni. Niin minä itse olen siis kirurgi Asko Laamanen, tämän osaston johtava ylilääkäri."

Arvokkaan oloinen hyväryhtinen ylilääkäri kertoi samalla hän ohjasi kädenliikkeellä rikoskonstaapelin, neurologin sekä psykiatrin sivummalle hoitajien päivystyshuoneesta kulkevalle portaikolle. Tuo ovi oli tarkoitettu ainoastaan vain henkilökunnalle.

He kulkivat portaikossa kerroksen ylemmäksi. Johtava ylilääkäri Laamanen aukaisi portaikosta pois vievän oven. Ovi avautui käytävälle, joka oli hiljainen. Ahjo arveli käytävän olevan päivällä vilkas, mutta nythän oli yö ja käytävä ammotti tyhjyyttään.

"Kuinka te olette vielä näin myöhäiseen aikaan täällä sairaalalla?"

Hän rohkeni nyt kysäistä arvokkaan oloiselta seurueelta.

"Niin. Me olimme sopineet yhteisen palaverin käydäksemme läpi potilas Mannerta koskevia tulevia hoitoja, kun sitten saimme hänen viimeisimmät magneettikuvansa. Ne olivatkin sitten hieman mielenkiintoiset."

Laamanen kertoi ja aukaisi samalla oikealle puolen käytävältä avautuvan oven. He astuivat huoneeseen, jossa oli Laamasen työpöytä, kaksi tuolia pöydän edessä ja vasemmalla seinustalla pieni sohva, jonka edessä oli pieni sohvapöytä.

"Olkaa hyvät ja astukaa sisään."

Nelikko astui sisään Laamasen astellessa luontevasti oman pöytänsä taakse. Hän istui tuoliinsa hitaasti avaten samalla keskustelun.

"No niin. Olimme jo päättäneet Mantereen siirrosta psykiatriselle osastolle. Siirto olisi pitänyt toteuttaa aamulla, mutta kuten jo tiedämme, potilas on ilmeisesti poistunut sairaalasta."

"Tämä pitää paikkansa, sillä tulin tänne katsomaan turvakameroiden tallennuksia. Huomasin heti kuvissa Mantereen poistumisen tupakkapaikan kautta. Potilaan olemuksen ottaen huomioon, tuskin hänen tarkoituksensa oli palata enää takaisin sairaalalle."

Ahjo varmensi johtavan ylilääkärin huomion. Lääkärit Ahma ja Tanner olivat istuneet Laamasen työpöydän edessä oleviin tuoliin. Ahjo katseli itselleen tuolia, mutta päätti jäädä seisomaan. Tuo pieni sohva näytti kyllä erittäin epämukavalta istuimelta. Sen päällinen oli kiiltävää ja liukasta tummanpunaista keinonahkaa.

"Niin minun ja potilas Mantereen hoitosuhde alkoi noin vuosi sitten."

Psykiatri Tanner alkoi kertoa pienen hiljaisuuden jälkeen. Hän jatkoi.

"Hänen yhtiökumppaninsa Raimo Schulman otti minuun yhteyttä, kun Ilari Manner oli hieman aikaisemmin ostanut Schulmanin entisen kotitalon. Tämä Schulman oli hyvin huolissaan Mantereen hyvinvoinnista, sillä Manner oli alkanut viettää erakoitunutta elämää tällä rantatalollaan. Tosin hänhän oli ilmeisesti itse pääsääntöisesti suorittanut talon kunnostuksen ja oli sitä varten jäänyt hetkeksi pois yrityksensä toiminnasta. Käsittääkseni heillä oli juuri yrityksessäkin tulossa muutoksia. No niin. Joten, Schulman saikin houkuteltua Mantereen vastaanotolleni ja he saapuivat yhdessä luokseni ensimmäiseen tapaamiseemme. Aluksi huomasin Schulmannin käytöksen olevan erittäin hermostunutta ja levotonta, kun taas Manner vaikutti hyvinkin tasapainoiselta. Tapaamistemme edetessä, myös Mantereen käytös ja puheet alkoivat muuttua. Asiat johtivatkin siihen, että huomasin Mantereen potevan psykoosia. Tästä syystä, halusimme neurologi Ahman kanssa tehdä Mantereelle tarkempia tutkimuksia."

Neurologi jatkoi psykiatrin kertomusta.

"Magneettikuvissa huomasimmekin erittäin mielenkiintoisen yksityiskohtaisen seikan. Mantereen hippokampuksen toiminta oli erittäin aktiivista."

Ahma kääntyikin nyt suoraan Ahjoa kohti selittääkseen rikoskonstaapelille hieman tarkemmin.

"Niin tuo hippokampushan on aivojen osa, ohimolohkojen sisäosissa. Esimerkiksi muistamisella on erittäin tärkeää, että hippokampus toimii oikein ja välittää tietonsa etuotsalohkon dorsolateraaliseen aivokuoreen. Jos tiedot eivät yhdisty, on hyvin vaikeaa käsittää aikaan ja paikkaan sijoittaminen sekä menneisyyden, tulevaisuuden myös niin sanotun omaelämäkerran käsittäminen on vaikeaa. Myös limbisen järjestelmän osa, neokorteksi, sijaitsee etuotsalohkossa, aivan siinä otsaluun takana. Neokorteksin toiminta on tärkeää taas korkeamman henkisen toiminnan kannalta ja jos yhteys sieltä mantelitumakkeeseen katkeaa, me emme pysty tekemään järkeviä päätöksiä. Etuotsalohkot hallitsevat tunteita, eli pohtivat mahdollisia reaktioita ennen toimintaa, muun muassa viestejä muille aivoalueilla..."

Nyt psykiatri puuttui tuohon puheeseen, sillä neurologin olemus alkoi olla jo hyvinkin aiheesta innostunut.

"Joten meidän huomiomme kiinnittyi Mantereen hippokampukseen ja tarkemmin vielä niiden suurentuneisiin muotoihin. Tuon sattuneen onnettomuuden jälkeen, kun Mantereesta oli jälleen otettu magneettikuvat, näimme tietenkin aivojen turvotuksen, mutta myös huomasimme tuon Ahman äsken mainitseman mantelitumakkeen muutoksen. Mantelitumake sijaitsee ohimolohkoissa ja sen toiminto liittyy myös pelkoon, kuin vahvasti myös puolustautumiseenkin. Eli nyt tuolla alueella oli tapahtunut muutos."

Neurologi Ahma otti jälleen puhevuoron.

"Tänään iltapäivällä huomasimme kolmansien kuvien saavuttua, että nyt myös etuotsalohkon toiminto oli kiihtynyt, eli tiedon kulku oli suorastaan räjähtänyt Mantereen päässä ja sitä on voinut seurata muistojen ja mielikuvien sekamelska. Tilanne ei välttämättä ole enää Mantereen hallinnassa. Näin ollen potilas Manner voi olla hyvinkin vaarallinen itsellensä, että muille sivullisille ihmisille."

Ahjo ajatteli, ettei hänelläkään enää ollut tilanne hallittavissa. Tietoa ja terminologiaa tulvi nyt hänelle aivan liikaa. Psykiatri Tanner nosti itseään hieman tuolilla ja jatkoi.

"Olin saanut Mantereen ajatuksista hieman selvää ja olin tullut siihen tulokseen, että hänen todellinen maailmankuvansa oli muuttunut. Tapasin myös hänen lakimiehensä Mauri Rautamon. Hänen ja Schulmannin kanssa kävimme keskustelua, että oli parempi elää Mantereen ajatuksen sekä kuvituksen kanssa, sillä tässä tilanteessa oli hyvin vaarallista alkaa muuttaa potilaan mielikuvaa. Nyt meillä olisi ollut loistava mahdollisuus hallittuun potilaan seurantaan, toivottavasti emme ole tässä asiassa myöhässä."

Nyt Ahjo nosti oikean kätensä ilmaan.

"Hetkinen. Eli te olitte vielä Schulmannin kanssa yhteydessä. Milloin tarkalleen?"

Ahjo loi kysyvän, ehkä hieman hämmentyneen katseen psykiatriin.

"Se oli edellisenä päivänä, ennen Schulmannin itsemurhaa ja Mantereen onnettomuutta."

"Puhuitteko myös lakimies Rautamon kanssa?"

"Kyllä."

"Te ette tavanneet miehiä, vaan keskustelut käytiin puhelimitse?"

"Kyllä. Käsittääkseni molemmat miehet olivat tuolloin Mantereen rantatalolla, kun heille soitin."

"Taidan tietää missä Manner nyt on."

Ahjo kääntyi ovelle päin, kun psykiatri varoitti vielä häntä.

"Jos löydätte hänet, muistakaa elää mukana hänen maailmassaan. Tilanne voi muutoin käydä hyvinkin uhkaavaksi."

14

Autoon päästyään Ahjo soitti heti työparilleen Niko Laurilalle.

"Laita Niko vaatteet niskaan, tulen pian hakemaan sinut. Tuli pieni keikka Uittoniemeen. Käydään vain tarkistamassa se rantatalo."

Laurila vastasi Ahjolle lyhyesti ja sulki puhelimen. Laurilaa tietenkin harmitti tämmöinen äkkilähtö ja vielä, kun hän oli juuri päässyt nukkumaan.

Ahjon auto ajoi sopivasti Laurilan kerrostalon eteen, kun Laurila astui ulko- ovesta ulos pimeälle kadulle.

"Nyt se Ilari Manner on hävinnyt sairaalasta ja lääkärit ovat vahvasti sitä mieltä, että hän voi olla vaarallinen."

Ahjo alkoi pohjustamaan tilannetta Laurilalle.

"Onko Manner tuolla rantatalolla? Voiko hänellä olla aseita?"

Laurila istui apukuskin paikalle ja laittoi turvavyön kiinni, kun Ahjo jo kiidätti autoaan matkaan.

"Paljon mahdollista. Löysin Mantereen papereista tiedon, että hänellä on lupa käsiaseeseen. Taisi olla CZ75 yhdeksän millinen."

"Onko hän yksin?"

"Siitä en ole varma, mutta epäilen hänen olevan siellä yksin."

Kaksikko jatkoi kovaa vauhtia kohti vaneritehdasta Ahjon kertoessa samalla Laurilalle käymästään keskustelusta lääkäreiden kanssa.

Auton saapuessa kuoppaiselle soratielle, Ahjo joutui hidastamaan huomattavasti vauhtia.

"Hitto, kun on surkeassa kunnossa."

Hän harmitteli ja jatkoi.

"Näyttää siltä, että kyllä täällä on hiljattain auto käynyt."

Matkan jatkuessa molemmat aistivat, ettei kaikki tainnut olla aivan kunnossa.

"Katso, tuolla ojassa on auto!"

Laurila huomasi jo kaukaa taksin himmeät valot vasemmalla puolen tietä. Valot näkyivät heikosti, sillä ojanpenkka peitti auton keulan melkein kokonaan. Punaiset takavalot hehkuivat viistosti kohti taivasta.

"Kuskin ovi on auki. Siellä on joku."

Laurila jatkoi. Ahjo pysäytti auton ja he molemmat riensivät ojassa olevan auton luokse. Nuori taksikuski nojasi päällään rattiin. Tilanne näytti todella pahalta. Laurila tunnusteli kuskin kaulaa.

"Syke löytyi. Hän on elossa."

Ahjo tarkisti pikaisesti taksin ja sen ympäristön. Matkustajan paikalta oikealta puolen oli poistuttu. Jäljet olivat epäselvät. Ahjosta näytti siltä, kuin jotakin tai joku olisi raahattu autosta tai auton luota pois.

"Soita ambulanssi ja apuvoimia. Jää odottamaan heitä, minä jatkan rantatalolle."

Ahjo istui takaisin autoonsa ja kaasutti autollaan jo eteenpäin, Laurilan ehtimättä sanoa sanaakaan naisen perään.

Ahjon saapuessa rantatalon portista sisään pihamaalle, hän huomasi tumman auton talon edustalla. Hän sammutti vaistomaisesti ajovalonsa ja ajoi hiljaa tuon tumman auton viereen. Astuttuaan autosta ulos hän kuuli jostakin vaimeaa huutoa. Se tuli rannasta päin, venevajasta. Hän otti esiin oman käsiaseensa. Glock 17, jonka tehokas kantama ylettyi jopa viiteenkymmeneen metriin.

Huuto oli epämääräistä, eikä Ahjo saanut sanoista selvää. Hän vilkaisi ensin pimeää taloa. Talo vaikutti olevan tyhjä. Ahjon lähestyttyä venevajaa, hän alkoi saada tuon väsyneen huutajan hetkittäisistä huudahduksista kiinni. Hän epäili huutajan olevan yksin vangittuna venevajassa. Varovaisesti hän kuitenkin lähestyi vajaa. Ahjo malttoi kiertää vajan, ennen kuin astui vajaan sisään. Hän potkaisi oven auki ja osoitti aseellaan suoraan huteralla jakkaralla seisovaa väsynyttä, hyvin pukeutunutta miestä. Miehen kaulaan oli asetettu köysi. Köyden toinen pää oli kiinnitetty venevajan kattotuolin poikkipuuhun. Miehen kädet oli sidottu hänen selkänsä taakse yhteen. Mies katsoi Ahjoa. Miehen silmiin palasi välittömästi toivo pelastumisestaan ja hän alkoi heti vuolaasti anella.

"Auta minut nopeasti alas, en jaksa enää seistä hetkeäkään."

Miehen ääni oli jo käheä. Hänen kaulassaan oli myös huivi. Hän oli kuitenkin saanut väljästi sidotun huivin pois suunsa edestä.

Nyt Ahjo tunnisti miehen. Lakimies Rautamo. Hänellä ei ollut silmälaseja ja hänen yleensä niin siistit hiuksensa olivat nyt valtoimenaan miehen silmillä.

"Kuka sinut on siihen laittanut seisomaan?"

Ahjo kysyi, samalla etsien katseellaan toista tuolia tai laatikkoa, jonka päälle nousisi seisomaan auttaakseen tuon miespolon pois tuosta hirveästä pinteestä.

"Ilari. Ilari Manner."

Mies vastasi vaimeasti käheällä äänellään.

Ahjo katsahti miestä, mutta jatkoi kuumeisesti etsintää.

"Oletteko nyt aivan varma? Miksi hän niin tekisi?"

Ahjo löysi puisen laatikon nuhruisen pressun alta.

"Totta se on. Auta nyt minua, äkkiä."

Saatuaan raahattua laatikon Rautamon viereen, Ahjo kiipesi sen päälle ja katkaisi köyden taskustaan ottamalla pienellä linkkuveitsellään. Rautamo lysähti välittömästi maahan voimattomilla jaloillaan. Ahjo auttoi hänet irti köysistä. Rautamon istuessa tuolle Ahjon löytämälle laatikolle, alkoi hän kertoa.

"Olin illalla täällä rantatalolla selvittelemässä Mantereen kauppakirjoja, kun huomasin kellon olevankin jo todella paljon. Aikoessani lähteä kotiin, huomasin auton tulevan portista sisään. Yllättäen auto kuitenkin kaahasi takaisin ulos portista. Hieman ihmettelin asiaa, mutta luulin sen vain olevan jonkun uteliaan tutkiskelijan. Suljin ulko-oven huolella ja lähdin kotimatkalle, kun sitten tuo auto olikin ajanut vähän matkan päässä ojaan. Pysähdyin ja huomasin välittömästi kuljettajan olevan kuollut. Matkustaja, joka olikin Ilari, istui kuin sokissa takapenkillä. Menin oikealle puolen autoa matkustajan oven eteen aukaistakseni oven, kun yllättäen Ilari aukaisi oven voimalla auki ja minä kaaduin ojaan. Näin Ilarin silmistä, että hän oli jotenkin kuin transsissa tai vähintään jonkun aineen vaikutuksen alaisena. Yritin ryömiä karkuun, kun tuo hiiskatin ryökäle löi minut kävelykepillään tajuttomaksi. Ilmeisesti hän oli minut tänne tuonut. Kun tulin tajuihini, makasin vielä maassa. Manner kyllä auttoi minut ylös, mutta samalla hän komensi minut nousemaan tuolle huteralle jakkaralle ja pujottamaan köyden itselleni kaulaan. Sitten hän sitoi käteni ja poistui."

"Eikö hän sanonut muuta?"

"Ei. En kylläkään kuullut auton lähtevän. Hänen täytyy olla vielä täällä."

"Jaksatko kävellä?"

Ahjo kysyi Rautamolta tarttuen samalla miestä käsipuolesta kiinni auttaakseen tämän ylös.

"Kyllä minä jaksan."

He suuntasivat kulkunsa kohti taloa, joka oli yhä pimeä.

"Odota tässä."

Ahjo näytti Rautamolle miehen autoa. Rautamo nojautui helpottuneena autoa vasten. Ahjo asteli hiljaa talon lukitsemattomasta ulko-ovesta sisään.

Eteishalli oli pimeä ja salaperäisen hiljainen. Ahjo eteni syvemmälle talon pimeyteen. Lattia narahti ja hän seisahtui paikoilleen kuuntelemaan. Nyt hän erotti vaimeaa puhetta suuren tammioven takaa. Ahjo koetti kuulla, oliko puhujia useita, mutta hän ei erottanut kuin miehen äänen. Hänet valtasi kumma tunne. Aivan, kuin hänen takanaan seisoisi joku tarkkailemassa häntä. Ahjo kääntyi, mutta hän ei erottanut puistattavan pimeässä eteisessä ketään. Häntä harmitti, ettei ollut hoksannut ottaa autostaan taskulamppua ohi kulkiessaan mukaan.

Tammioven taakse päästyään, Ahjo painoi korvansa ovea vasten, mutta oven takana oli hiirenhiljaista. Pian hän erotti vaimeasti miehen äänen, joka sanoi.

"Sinun on TÄYTYNYT tietää jo etukäteen, että minä sinne joudun."

Noiden sanojen jälkeen Ahjo ei kuullut ääntäkään huoneesta. Hän koetti hyvin varovaisesti painaa ovenkahvaa alas. Ovi tuntui olevan auki, mutta tuo tammiovi oli varmasti raskas. Ahjo ajatteli, että hänen täytyi tönäistä ovi kunnolla auki yllättääkseen huoneessa olijat. Hän valmistautui näyttävään sisääntuloon, sillä hän ei todellakaan tiennyt mitä oven takana tapahtui. Hänen vasen kätensä oli valmiina ovenkahvalla, kun oikea käsi puristi asetta lujassa otteessaan. Hän veti syvään henkeä ja tönäisi oven voimakkaasti auki. Oven keveys yllättikin hänet. Ahjo ilmestyi huoneeseen vauhdilla, melkein syöksymällä. Hän sai liikkeen nopeasti suunnattua näyttäväksi kuperkeikaksi. Kuperkeikan jälkeen Ahjo sai nopeasti oikean polven tuekseen eteensä. Molempien käsien ollessa jämäkästi suorana pidellen asetta. Aivan kuin Ahjo olisi tuota liikettä useasti harjoitellut ja vain tätä tapausta varten.

Tuo kuperkeikka teki Ilariin suuren vaikutuksen ja hän alkoi nopeasti antaa suuntaa Ahjon aseelle.

"IKKUNAN VIERESSÄ SEINÄÄ VASTEN! AMMU TAI HÄN AMPUU! ÄKKIÄ!"

Ahjo ei erottanut ketään hämärässä. Hänen mieleensä nousivat psykiatrin viimeiset sanat, kun Ahjo oli poistumassa lääkäreiden luota.

"Jos löydätte hänet, muistakaa elää mukana hänen maailmassaan. Tilanne voi muutoin käydä hyvinkin uhkaavaksi."

Nyt oli toteltava.

Ahjo ampui kaksi laukausta kohti ikkunaa ja kaksi laukausta hieman sen viereen. Ikkuna helisi sirpaleina alas sisälle lattialle ja osa talon ulkopuolelle maahan. Ahjo nousi jaloilleen ja suuntasi nopeasti askeleensa kohti ikkunaa, kuin varmistaakseen luotien osumista kohti tyhjyyttä.

"Hän kaatui luotien osuessa ikkunasta ulos. Hän on ulkopuolella! Varmista, että hän on kuollut!"

Ilari alkoi selostaa Ahjolle tilannetta. Se tuntui erittäin oudolta Ahjosta, sillä hän ei nähnyt ketään ulkona, eikä sisällä. Hän ei nähnyt ketään. Samassa ovelta kuului matala miehen ääni.

"Poliisi on hyvä ja laskee aseensa rauhallisesti tuohon pöydälle ja istuu rauhallisesti alas tuoliin. Pidä kädet näkyvillä."

Se oli lakimies Mauri Rautamo. Hän seisoi tummassa puvussaan tammioven vieressä osoittaen pienellä käsiaseella kohti Ahjoa. Rautamo käveli pöydän viereen ja otti nopeasti Ahjon aseen, jonka tämä oli laskenut pöydänkulmalle. Hän laittoi aseen mustan takkinsa taskuun.

"No niin. Nyt kun ollaan saatu tuo Ilarin "Alisa" pois tästä kuvioista, voidaan järjestää teille pieni välikohtaus ennen "ratsuväen" saapumista paikalle. Tietenkin myöhässä, sillä Manner on ehtinyt ampua Ahjon ja minä saavun ovelle nähden tuon ikävän tilanteen. Sitten minä joudunkin ampumaan Ilarin, ennen, kun hän on ampunut minut. Olen pahoillani teidän molempien puolesta, mutta tämä on nyt väistämätöntä."

Rautamo seisoi Ilarin vieressä ja kohotti aseen kohti Ahjoa. Ahjo oli kallistanut tuolia hieman taaksepäin, jotta hänellä olisi tilaa jaloille enemmän. Hänen kätensä olivat vielä ylhäällä valmiina nopeasti tarttumaan tuolin käsinojista, joista hän ajatteli ottaa tukea jaloista lähtevään potkuun. Hänen oikea jalkansa oli valmiina toimimaan. Rautamon leveät leukaperät kiristyivät hänen lausuessaan mielestään viimeiset sanat Ahjolle.

"Se on vain heippa sitten."

Rautamo oli valmis ampumaan ja valmiina oli Ahjokin. Hän potkaisi oikealla jalallaan pöydän reunaan, joka kaatui nurin Mantereen ja Rautamon eteen. Rautamo yllättyi Ahjon nopeasta toiminnasta ja hänen vakaa asekätensä heilahti. Luoti osui takaseinään Ahjon pään yläpuolella olevaan maisematauluun. Kuin gaselli Ahjo loikkasi tuoliltaan Rautamoa kohti yli kaatuneen pöydän. Rautamo ei ennättänyt karkuun, vaan he molemmat kaatuivat vasten suurta kirjahyllyä Rautamon kolauttaessa vasemmanpuoleisen ohimonsa ikävästi kirjahyllyyn menettämättä kuitenkaan iskussa tajuntaansa. Yhtä nopeasti, kuin tilanne syntyikin, oli se myös ohi. Rautamo huomasi olevansa jo vatsallaan käsien ollessa raudoissa kiinni. Nojatessaan toisella polvellaan Rautamon alaselkään Ahjo vilkaisi Mannerta. Tämä näytti olevan pois tästä hetkestä, jossakin kaukana aivan muualla kuin omassa työhuoneessaan. Mantereen katse oli pelottavan tyhjä, eikä tämä näyttänyt reagoivan mitenkään ympäristöönsä tai tapahtumiin hänen ympärillään.

"Jaa-a. Eihän täällä meidän apua enää taideta kaivatakaan."

Ovelle oli saapunut Ahjon työpari Laurila kahden sinihaalarisen poliisin kanssa.

15

Kuulusteluhuoneessa oli pöytä ja kaksi tyhjää tuolia.

Pöydän toisella puolen istui lakimies Mauri Rautamo kädet lukittuina toisiinsa kiinni. Hän piti kahlittuja käsiään sylissään. Pöydän toisella puolen oli kaksi vielä tyhjää tuolia, sillä rikoskonstaapeli Marjut Ahjon oli määrä saapua kuulustelemaan Rautamoa. Miehen epäillään syyllistyneen useampaan rikkomukseen. Tosin Rautamon pientä käsiasetta ei vielä pikaisessa tutkimuksissa rantatalolla oltu löydetty. Hänen kadoksissa olevasta aseesta lähtenyt luoti oli hävinnyt, vaikka Ahjo oli luodin osumakohdasta ja aseesta aivan varma. Tutkintaryhmä oli nyt jäänyt rantatalolle selvittämään asiaa.

Oven avauduttua sisään astui Ahjon lisäksi hänen työparinsa Niko Laurila. Rikoskomisariot Ahjo ja Laurila istuivat tyhjille tuoleille. Molemmilla oli pahviset kahvimukit kädessään. Rautamon nenään vahva kahvi tuoksui huumavan hyvältä.

"Olet varmasti kahvin tarpeessa."

Ahjo toteaa ja asettaa kädessään olleen kahvimukin Rautamon eteen pöydälle.

"Kiitos."

Rautamo on erittäin kiitollinen tuosta vahvasta mustasta kahvista. Hänen kofeiinin tarpeensa sai vihdoinkin tyydytyksen.

"Nyt voisitkin kertoa meille kaiken, minkä vain tiedät asiasta koskien Ilari Mannerta ja Raimo Schulmania sekä omaa osuuttasi tapahtumiin. Sinun on kerrottava totuus yhtään vääristelemättä sitä."

Ahjo aukaisee mustan kansion eteensä pöydälle. Rautamo tunnisti sen olevan hänen kansionsa, jossa oli kaikki sopimukset sekä asiakirjat, jotka hän oli laatinut Mantereen ja Schulmannin kanssa. Lisäksi kansio sisälsi myös Rautamon omia papereita. Papereiden lisäksi kansiossa oli mukana sairaalan valvontakameran ottamia kuvia. Hän ei voinut enää paeta, vaan nyt oli tullut se hetki, jota hän ei missään nimessä olisi halunnut tapahtuvan. Hänen oli kerrottava kaikki.

"Tapasin Ilari Mantereen ja Raimo Schulmannin noin kolme vuotta sitten. He olivat perustaneet yhteisen yrityksen ja halusivat minun toimivan lakimiehenään. Raimon mukaan hän tunsi vahvasti, että juuri minun olisi toimittava yhteistyössä heidän kanssaan."

Rautamo piti kahvimukia molemmilla käsillään, olivathan hänen kätensä kiinni toisissaan. Hän otti pitkän kulauksen kahvia ja jatkoi.

"Sukuni on asunut täällä aina. Itse kyllä kävin lakiopinnot osittain Saksassa, mutta aina olen tuntenut kuuluvani tänne."

Hän otti jälleen pitkän kulauksen kahvia. Hänen katseensa jäi hetkeksi tuohon kahvimukin sisältöön. Oli kuin hän olisi sieltä etsinyt rohkeutta jatkaa kertomustaan.

"Alussa kaikki oli aivan normaalia, kunnes Ilari halusi ostaa tuon rantatalon. Se sattui samaan aikaan, kuin heidän yrityksensä myymisestä alettiin puhua. Tuon saksalaisen yrityksen ostotarjous tuli meille kaikille yllätyksenä. Uskon, että Ilari ja Raimokin olivat yllättyneitä, että saksalainen toimija halusi ostaa heidän toimintansa kokonaan. Outoa asiassa oli myös se, että tämä saksalainen firma omisti myös tuon Uittoniemen. En tiedä miten tai mitä kautta Ilari oli Uittoniemen maanomistuksen saanut tietoonsa ja kuka oli ottanut yhteyttä ensin ja kehenkä. Enkä tarkalleen muista miten Alisa ja Marika saapuivat yritykseen töihin, mutta Ilari oli jo tuolloin ostanut rantatalon ja hän oli alkanut remontoida taloa. Raimo oli kiivaasti vastustanut Ilarin ostoaikeita, mutta Ilari oli hyvinkin jääräpäinen asiassa. He riitelivät usein talosta. Raimon mielestä talo olisi pitänyt purkaa, kuin myös kaikki muutkin rakennukset niemellä. Kerran Raimo kertoi minulle pelkäävänsä tuota taloa ja uskoi talon vaikuttavan Ilarin mieleen. Nauroin asialle, mutta pian huomasimmekin Ilarin sulkeutuvan rantataloon. Hänen käytöksensä sekä puheensa olivat välillä erittäin sekavat. Raimon mielestä Ilari oli saatava pois talosta ja hoitoon. Saimmekin hänet suostuteltua psykiatri Anneli Tantereen vastaanotolle."

Nyt hän joi loput kahvista jääden katsomaan mukin pohjaa, kuin olisi toivonut tarinankin päättyneen tähän. Ahjo ei jaksanut odottaa, vaan liikahti tuolillaan samalla kehottaen Rautamoa jatkamaan.

"Mitä sitten tapahtui?"

Rautamo nosti katseensa ja suoristi selkänsä.

"Sitten alkoi tapahtua jotain, mitä ette ehkä halua kuulla. Minä jäin yksin tuonne rantatalolle, kun Ilari ja Raimo menivät ensimmäistä kertaa yhdessä tuolle psykiatrin vastaanotolle. Alisa ja Marika saapuivat, kuin tyhjästä Ilarin työhuoneeseen, jonne olin jäänyt viimeistelemään heidän sopimustaan. Vaikka olin ollut rantatalolla jo usean tunnin ajan, en ollut kuullut naisten olevan talossa. Se yllätti minut täysin."

Nyt myös Ahjo ja Laurila oikaisivat ryhtiään samalla vilkaisten kysyvästi toisiaan. Rautamo jatkoi.

"Heillä oli pitkät vartalonmuotoiset mekot yllään ja he molemmat näyttivät erittäin viehättäviltä. He kertoivat minulle, että Abel Schulman oli ostanut aikoinaan Uittoniemen Jernin suvulta. Hän oli luvannut, että maa- aluetta käytetään vain puiden varastointiin, mutta hänellä olikin ollut suuremmat suunnitelmat. Pian niemeen oli rakennettu taloja. Niemi oli ollut kauan sitten uskonnollinen paikka, minne oli kokonnuttu antamaan jumalille uhreja.

Uhrit saattoivat olla myös ihmisiä. Eikä jumalatkaan taitaneet olla meille perinteisiä jumaliamme. Niemi olisi pitänyt jättää asuttamatta, sillä henkien vahva vaikutus saattoi olla vaaraksi niemellä pitkään asuvalle. Ainakin ihmisen mieleen saattoi tulla häiriöitä, kuten näkyjä tai erilaisia harhoja. Abelin vaimo samoin kuin Raimon äiti, muutti pois poikansa kanssa. Abel päätyikin lopulta mielisairaalaan ja Raimon isä, Henry, hirttäytyi venevajaan rantatalolla. Rantatalo olikin paikka, joka oli kriittisessä pisteessä. Se oli rakennettu käytännössä suoraan uhrialttarin päälle ja näin ollen vahvassa vaikutuksessa toiseen maailmaan. Raimo oli pienenä nähnyt rantatalolla jotakin outoa, mutta hän oli sulkenut sen pois mielestään. Ei hän sitä ollut kenellekään kertonut koskaan, mitä hän oli nähnyt. Siksi hän pelkäsi tuota taloa."

"Miksi Henry, Raimon isä, oli palannut takaisin ja jäänyt tuohon taloon?"

Laurila halusi tietää. Rautamo katsoi nyt suoraan Laurilaa silmiin ja totesi.

"Hänellä ei ollut paluun suhteen valinnanvaraa, ihmisten työpaikat olivat kyseessä. Toisin sanoen, vastuu velvoitti häntä palaamaan isänsä sairastuessa. Hänellä oli palattava johtamaan tehdasta. Talo saikin hänet nopeasti valtaansa, eikä hän päässyt irti sen otteesta. Työntekijät alkoivat sairastaa erilaisia sairauksia. Pian alettiin huomata, että niemessä oli jotain outoa. Asiat alkoivat luisua Schulmanin käsistä, kunnes saksalainen yritys tuli apuun ja osti koko roskan pois."

"Puhutaanpa hieman näistä naisista. Alisa ja Marika. Miten he tiesivät talosta näin paljon?"

Ahjo kysyi ja nousi hitaasti seisomaan, sillä hänen jalkataipeensa olivat alkanut turtua pitkästä istumisesta. Hän käveli hieman etäämmälle.

"Niin nämä naiset. Siis Alisa ja Marika olivat molemmat sukujaan Jerniä. Eri haarasta tosin. Marika oli se niin sanottu "hyvis" sillä hänen oli määrä saada hoidettua asiat ilman uhrauksia, mutta hän ei pystynyt hallitsemaan arvaamatonta Ilaria. Alisa taas epäonnistui ohjaamaan Raimoa, joka ei voinut vaikuttaa taas Ilarin toimintaan."

"Kenen käskystä naiset toimivat ja miksi?"

Ahjo käveli takaisin istumaan tuolille. Hän kysyi kysymyksen ja toivoi, että saisi loogisen vastauksen.

"Koskaan en tavannut ketään "ylempää herraa" tai kuullut heidän puhuvan kenestäkään yksilönä. Ainoastaan he puhuivat suvustaan ja siitäkin vain monikossa. Uskon, että heidän päämääränsä oli vain saada Uittoniemi ja rantatalo autioksi ja asuintalot puretuksi."

"Entä mikä oli sinun osuutesi tapahtumissa?"

Laurila tiedusteli nojautuen samalla pöytää vasten kyynärpäittensä varaan.

"Minun oli määrä saada vain Ilari luopumaan rantatalosta. Naisten vaikutus minuun oli suuri, ymmärrän sen nyt. Tuolloin he osasivat käsitellä minua kuin vahaa. Välillä tuntui, että varsinkin Alisa osasi tunkeutua jopa minun ajatuksiini. En osaa selittää, mutta tuntui kuin hänelle riitti vain katsoa minua ja minä tiesin, mitä minun oli tehtävä."

"Palataanpa nyt vielä tuohon Mantereen onnettomuuteen ja Schulmanin ikävään kohtaloon."

Ahjo halusi kovasti saada lopultakin selvyyden tapahtumille.

"Marika oli luopunut leikistä, jollakin tasolla, sillä hän oli ilmeisesti palannut takaisin Norjaan. Alisa taas hallitsi tilannetta ja sai minut mukaan juoneensa. Minun oli määrä "säikäyttää" Ilaria ajamalla rekalla kohti hänen autoaan. Minä olin odottamassa vaneritehtaalla, kun Alisa soittaisi minulle, milloin minun täytyi lähteä rekalla kohti rantataloa. Se oli turhan paha tilanne. En olisi toivonut aivan noin hurjaa rysäystä, mutta se nyt tapahtui. Raimon hirttäytymisestä minulla ei ole tietoa, en tiennyt siitä kuin vasta seuraavana aamuna."

"Sinä olit siis se tummapukuinen mies, josta Ilari kertoi?"

Ahjo kysyi, samalla hänenkin kyynärpäänsä löysivät pöydän pinnan.

"Kyllä, minä se olin. Onnettomuuspäivän iltana kävin Ilarin luona sairaalassa. Minun oli tarkoitus hämmentää hänen mieltään. Se taisi toteutua vähän liiankin hyvin. Mutta, siis olin huoneessa ja suunnittelin tilanteen etukäteen. Toin tullessani pokkarin hänen pöydälleen, sillä pelasin aikaa huoneesta poistumiseen. Jäin tarkoituksella verhon taakse odottamaan Ilarin seuraavaa siirtoa. Kun, hän vaivanloisesti kääntyi ottamaan kirjaa pöydältä, ennätin poistua verhon takaa ja koko huoneesta. Seuraava esiintyminen tummapukuisena miehenä minulla oli seuraavana päivänä. Silloinhan minä kikkailin hoitajan kutsunapin kanssa. Kaikki sujui hämmästyttävän hyvin. Ilari parka ei huomannut mitään."

"Entä onko tällä vanhalla siivoojalla jotain osuutta tapahtumiin?"

Ahjo tiedusteli nyt nojautuen tuolin selkänojaa vasten.

"Millä siivoojalla?"

Rautamo ihmetteli aidosti hämmästyen.

"Vanhempi harmaahiuksinen pieni siivooja. Etkö nähnyt häntä sairaalassa käydessäsi?"

"Jaa. Hän. Ei minulla ole mitään tekemistä hänen kanssaan. Liittyykö hänkin jotenkin asiaan?"

"Hmm. Ei sillä väliä. Jatketaan."

Ahjo oli hieman hämmentynyt, kun ei saanutkaan odottamaansa vastausta kysymykseensä.

"Sain siis Ilarilta allekirjoituksen muutettuun sopimukseen, jossa oli erillinen lisäys siitä, että Uittoniemen talot purettaisiin rantatalo mukaan lukien. Paperin pitäisi olla kylläkin siinä kansiossa. Seuraavaksi sain rantatalon avaimet, sillä halusin noutaa kaikki tarpeelliset ja tärkeät asiakirjat talteen. Olihan Ilarin tila aika huolestuttava. Kun olin poistumassa rantatalolta, ajoi pihaan taksi tai se teki siinä nopean käännöksen ja lähti takaisin tulosuuntaansa. Lopun tarinasta te jo tiedättekin."

"Mutta kuinka tämä kansio oli vielä sisällä Mantereen työhuoneessa, jos te olitte jo aikeissa poistua talosta?"

Ahjo laski oikean kätensä pöydällä olevalle mustalle kansiolle. Rautamo katsoi kansiota hetken kysyvästi keksien pian Ahjon visaiseen kysymykseen vastauksen.

"Niin Mannerhan oli ajanut autollani takaisin rantatalolle, kun oli ensin kumauttanut minut tajuttomaksi taksin luona. Kansio oli autossani. Ilarin on täytynyt viedä se takaisin sisälle taloon."

Ahjo mietti hetken tuota mahdollisuutta ja päätyi lopulta samaan analyysiin Rautamon kanssa.

Yö oli ollut pitkä ja heitä kaikkia alkoi väsymys painaa. Rautamo yritti käsillänsä hieroa vasenta ohimoaan, joka oli saanut kolauksen osuessaan kirjahyllyyn. Ahjo huomasi lakimies Rautamon huonovointisuuden ja kääntyi Laurilan puoleen.

"Eiköhän tämä riitä. Jatketaan aamulla. Niko, vie Rautamo sairaalaan. On parempi, että tuo ruhje tarkastetaan ja Rautamo jää sairaalaan yöksi. Järjestä vartio paikalle."

Nyt hän kääntyi Rautamoon päin.

"Tulen aikaisin aamulla sairaalalle, niin jatketaan kuulusteluja sitten. Koeta saada unta."

16

Ahjo poistui väsyneenä kuulusteluhuoneesta työhuoneeseensa. Laurila ja Rautamo lähtivät kohti sairaalaa.

Ahjo ei saanut ajatuksiaan pois Rautamon kertomuksesta. Hänen mielestään tapaukseen liittyi ilmeisesti jonkinlaista okkultismia.

Ahjo aukaisi Rautamon kansion ja huomasi Rautamon puhuvan totta sopimuksesta. Manner oli allekirjoittanut sopimuksen, jossa hän antoi luvan rantatalon sekä muiden rakennusten purkamiselle. Uittoniemen omistus oli siirretty takaisin yritykselle, joka oli merkattu nimellä AG Forst Atems sijainti Kiel, Saksa. Tarkempaa tietoa yrityksestä ei ollut, vain jokin puhelinnumero.

Ahjo tarkasteli myös Raimo Schulmanin ruumiinavauspöytäkirjaa. Hän huomasi Schulmanin vasemmassa rinnassa tatuoinnin. Kuvio, joka oli tatuoituna miehen rintaan, muistutti Ahjosta symbolilta, jota käytetään nykyisin yleisesti liikenteessä kuvaamaan nähtävyyttä. Ahjo muisti, että kuviolla oli myös jokin muinainen merkitys. Hän etsi kuvion tietokoneelta ja sai seuraavan selityksen kuviolle.

- Hannunvaakuna eli käpälikkö suojaa huonolta onnelta ja pahoilta hengiltä. Merkityksen alkuperä on esikristillinen. Tuo nimi juontaa kristillisestä pyhimyksestä Pyhästä Johanneksesta.

Ahjon ajatukset alkoivat kiertää ympyrää, eikä hän saanut järkevää yhtäläisyyttä asioihin.

Työhuoneen sohva kutsui häntä pienelle lepohetkelle. Hänen mielestään pieni tauko oli paikallaan. Hän käpertyi sohvalle takkinsa alle. Uni sai hänet mukaansa nopeasti.

Unessa hän kulki sumuisella nummella kivipatsaiden keskellä. Kivet olivat vaaleita riimukiviä. Niissä oli punaisella kirjoitettua riimukirjoitusta. Hänen eteensä ilmestyi suurempi kivi, jossa oli kuvattu kaksi naista ja heidän välissään suuri käärme. Punainen väri kivissä alkoi valua. Väri oli verta. Veri alkoi värjätä kivet täysin punaisiksi valuen kohti Ahjon jalkoja. Käärme naisten keskellä riimukivessä alkoi liikkua. Se värisi.

Ahjo havahtui hereille. Tuo käärmeen värinä oli hänen puhelimensa työpöydällä. Ahjo oli asettanut puhelimen äänettömälle, mutta värinähälytin oli jäänyt päälle. Hän nousi nopeasti vastaamaan puheluun.

"Haloo. Ahjo."

"Rautamo on häipynyt! Hän on kadonnut sairaalasta!"

Hätääntynyt miesääni puhelimen toisessa päässä kuului Laurilalle.

"Mitä? Miten se on mahdollista?"

Ahjo yritti saada unen pois mielestään ja keskittyä tapahtuneeseen. Kello Ahjon työhuoneen seinällä näytti 5:44.

"Missä olet nyt?"

Hän jatkoi, ennen kuin Laurila ennätti vastaamaan.

"Sairaalalla. Minulle soitettiin noin vartti sitten. Tulin heti paikalle."

"Tulen sinne. Odota minua siellä."

Ahjo oli jo laittanut kätensä takkinsa oikeaan hihaan, kun hänen katseensa osui työpöydällä osittain päällekkäin oleviin kahteen erilliseen paperiin. Paperit olivat sopivasti vierekkäin, joista hän erotti rinnakkain olevat sukunimet. Ne olivat Rautamo ja Jerni. Rauta. Rauta oli norjaksi sekä ruotsiksi jern. Oliko tuo sattuma, vai oliko asialla jokin yhteys. Ahjo katsoi noita nimiä kuin lumoutuneena. Ahjo heitti takkinsa takaisin sohvalle ja istui pöytänsä taakse alkaen naputtaa tietokoneensa näppäimistöä.

Hän etsi tietoja lakimies Mauri Rautamoista. Rautamo oli opiskellut lääketiedettä sekä kaupankäyntiä Kielin yliopistolla, mutta lakimiehen opinnoista Ahjo ei löytänyt mitään tietoja. Hän eksyi saksankielisille sivustoille etsiessään Kielin yliopistosta tietoja. Hänen eteensä aukesi sivusto, jossa mainittiin Jerni, mutta etunimi oli Mauritz. Yhtiö tai yritys, johon tuo nimi viittasi oli AG Forst Atems. Yhtiön toiminta keskittyi konsultointiin. Sivusto oli asiallinen, eikä siinä näyttänyt olevan mitään epäselvää. Yhteystiedot olivat samat, jotka Ahjo oli jo aikaisemmin saanut tietoonsa. Yrityksen nimi tuntui oudolta Ahjon mielestä. Hän käänsi nimen suomeksi. Metsä, metsämaa, henki. Ei tuossa ollut mitään järkeä hänen mielestään. Outoa oli myös se, että tuon Mauritz Jernin osoite oli yhdessä sivuston linkissä osoitettu Norjaan, Ranan kuntaan ja siellä pieneen paikkaan nimeltään Finneidfjord. Ahjo löysi samaiselta sivustolta myös miehen kuvan. Kuvan alla luki: Master of teurgia. Kuvassa oli Mauri Rautamo eli Mauritz Jerni mustassa hienossa puvussaan.

"No voi helevetti!"

Ahjo nojautui vasten tuolin selkänojaa. Hän mietti kuumeisesti näiden paikkojen yhteyttä, kunnes puhelin soi. Se oli Laurila.

"Missä sinä viivyt? Sain lisätietoja, että Ilari Mannerkin oli kadonnut psykiatrian osastolta. Olen nyt valvomossa, tule suoraan tänne."

"Tulen heti sinne! Minullakin on hieman uutisia sinulle."

17

Ilari istui tuolissa, omassa työhuoneessaan rantatalolla. Ahjo oli ampunut Alisan. Äänet, valot ja varjot, kaikki häipyivät vähitellen. Hiljaisuuden laskeuduttua Ilari ei kuullut, eikä nähnyt mitään. Oli, kuin paksu musta huppu olisi vedetty hänen päänsä yli. Aivan vierestä hän kuuli Alisan äänen, joka sanoi Ilarille.

"Älä huoli, en ole sinua jättänyt. Tulen pian Marikan kanssa hakemaan sinut."

Pitkä hiljaisuus ja pimeys vallitsi Ilarin mieltä, kunnes hän havahtui jälleen Alisan ääneen.

"Tervetuloa takaisin Ilari Manner."

Ilari tunsi istuvansa jälleen, mutta istuin ei ollut tuoli vaan kivi. Hänen kätensä olivat sidottu kiinni takana olevaan paksuun puunrunkoon. Hänet oli puettu pitkään vaaleaan pellavasta tehtyyn asuun. Se oli Ilarin mielestä kuin yöasu.

"Missä minä olen?"

Hän tunsi kaikesta huolimatta olonsa rauhalliseksi.

"Olemme joutuneet tilanteeseen, jossa meillä on vain yksi mahdollinen vaihtoehto enää jäljellä."

Tuo ääni kuului Mauri Rautamoille. Rautamo asteli Ilarin eteen pukeutuneena pitkään mustaan kaapuun, jossa oli suuri huppu. Kaavun vuori oli purppuranpunainen. Ilari katseli nyt ympärillensä ja huomasi, että he olivat rantatalon takana olevalla niityllä. Niitty oli sumuinen, mutta Ilarista vaikutti siltä, kuin niityn ja metsän reunustoilla olisi seissyt ihmisiä tummat kaavut yllänsä. Rautamo lähestyi hiljaa, kuin liukuen kohti Ilaria.

"Velipuolesi Raimo oli suojannut itsensä hannunvaakunalla, mutta sinä, se vahvempi teistä kahdesta, oletkin parempi uhraus lepyttämään henget."

"Velipuoleni?"

Ilari empi hieman, sillä hän luuli kuulleensa väärin. Rautamo seisahtui Ilarin eteen ja jatkoi.

"Raimo oli velipuolesi. Henry Schulmanilla ja äidilläsi oli lyhyt suhde, tosin se oli tuhoon tuomittu jo alkuunsa. Raimo ei ollut mieleltään yhtä vahva, kuin sinä. Sinua tämä paikka veti puoleensa, etkä voinut välttyä kohtalolta, joka sinua odottaa. Kohtalosi oli jo sinetöitynyt silloin, kun paroni perusti sahan tuohon Uittoniemen kupeeseen. Hän lupautui jättämään niemen rauhaan, mutta hänen poikansa Abel petti lupauksensa."

Ilari ei oikein pysynyt Rautamon mukana tarinassa. Nyt hän alkoi miettiä, mitä Rautamo tarkoitti hengillä.

"Mauri, mistä hengistä sinä puhuit?"

113

Rautamo otti kaapunsa alta rautaisen ristin, jonka kädensijan päässä oli käärmeenpää. Ilari katsoi ristiä tarkemmin. Se oli tikari, ei risti. Rautamo jatkoi kertomistaan.

"Tämä niemi on kuulunut ja kuuluu meille, jotka polveudumme suuresta varjagista Rurikista. Niemi on ja pysyy jumaliemme palvontaan pyhitettynä paikkana. Sitä vartioivat niin hyvät ja lempeät, kuin julmat ja armottomat seidit."

Rautamo oli kohdistanut tikarin kärjen Ilarin sydämen kohdalle, mutta kärki ei vielä koskettanut Ilarin rintaa. Rautamo jatkoi puhettaan. Ilarista tuntui, että Rautamo oli alkanut valmistautumaan jonkinlaista rituaalia. Samalla kun tuo tikari osoitti Ilarin rintaan, Rautamo oli kohottanut katseensa Ilarin takana olevaan puuhun. Ilari ymmärsi, että puu, jossa hänen kätensä olivat kiinni, oli ilmeisesti eräänlainen toteemipuu tai pikemminkin riimupuu.

"Nuo seidit olivat nyt lähetetty takaisin kotiin. Heidän onnistumisensa sekä epäonnistumisensa tehtävässä punnitaan. Heidän kohtalonsa on suurempien voimien käsissä, mutta sinä Ilari Manner olet nyt minun. Minä uhraan sinut jumalille ja hengillemme, jotka vaativat Schulmannien verta. He haluavat rauhan jälleen tähän niemeen ja sinä olet sen rauhan hinta."

Ilari katsoi suoraan Rautamoa silmiin, eikä hän enää tunnistanut tuota miestä samaksi Mauriksi, johon hän oli vuosia sitten tutustunut. Tuo hiljainen ja lakipykäliä tuijottava tarkka, hento mies oli hetkessä muuttunut voimakkaaksi ja vahvaksi tikaria uhmakkaasti piteleväksi olennoksi. Inhimillisyyttä Ilari ei Rautamon silmissä nähnyt lainkaan. Tuo Rautamon hahmossa oleva ilmestys otti Ilaria tämän oikeasta olkapäästä kiinni lujalla otteella. Seuraavaksi hänen tikarikätensä hivuttautui taemmas, kuin ottaen vauhtia pistääkseen tuon kiiltävän tikarinkärjen läpi Ilarin rinnasta suoraan hänen sydämeensä. Ilari ymmärsi nyt istuvansa uhrialttarilla. Tämäkö oli hänen kohtalonsa?

18

Ahjon saapuessa sairaalan valvomoon, Laurila selasi edelleen valvontakameroiden kuvaamia tallenteita. Työvuorossa oli jälleen tuo nuori vartija, jonka käsiraudat olivat kadonneet Mantereen katoamisen aikaan. Ahjo pujotti kätensä takkinsa taskuun tarttuen taskunpohjalla oleviin kylmiin käsirautoihin. Hän ojensi ne vartijalle.

"Nämä taitavat olla sinun."

Hän katsoi huvittuneena nuoren vartijan hieman hämmentynyttä ilmettä.

"Mistä tiesit, että ne kuuluvat vartijalle?"

Laurila oli kääntynyt seuraamaan tuolillaan tilannetta.

"Manner oli piipahtanut valvomossa ennen katoamistaan. Niin ja noissa on vartiointiliikkeen logo. Nämä olivat Mantereen ranteessa rantatalolla. Uskon, että hän itse oli teljennyt itsensä tuoliin."

"Miten hän sen olisi onnistunut tekemään?"

Laurila ihmetteli Ahjon teoriaa.

"Helposti. Ensin jalat kiinni tuolin jalkoihin ja sitten ensin toinen ranne kiinni käsirautaan ja kädet tuolin taakse ja sitten vain naps, toinen kiinni. Mutta mennään. Uskon, että et löydä tallenteilta mitään."

"No ei näistä kyllä ole löytynyt mitään."

Laurila toteaa ja nousee tuolilta seuratakseen valvomosta poistuvaa Ahjoa. Vartija katselee hetken käsirautojaan ja päättää kokeilla Ahjon teoriaa. Hän istuu tuoliin, josta Laurila oli hetki sitten noussut. Hän laittoi oikean ranteen ensin kiinni käsirautaan. Sitten hän laittoi kädet tuolin selkänojan taakse ja napsautti vasemman ranteen kiinni käsirautaan.

"On se mahdollista."

Hän toteaa, mutta samalla hän tajusi myös, kuinka tyhmästi hän oli toiminut.

Ahjon ja Laurilan kävellessä kohti sairaalan ulko-ovia, Ahjo kertoi Laurilalle löytämistään tiedoista koskien Mauri Rautamoa. Kun he olivat päässeet autoon, Laurila sai vihdoin suunvuoron ja kysyi.

"Minne olemme matkalla?"

"Rantatalolle. Se on nyt kaiken keskipiste. Ota selvää matkalla netistä, mitä tarkoittaa teurgia. Samoin tutki riimukirjoitusta sekä niissä olevia kuvia. Etsi kuva käärmeestä ja kahdesta naisesta."

Ahjo istuu kuskinpaikalle ja Laurila istahtaa apukuljettajan paikalle samalla ottaen taskustaan puhelimensa. Puhelimensa näytölle hän alkaa pikaisesti kirjoittaa hakusanoja.

Hetken hiljaisuuden jälkeen Laurila alkaa lukea Ahjolle löytämäänsä tietoa.

"Teurgia tarkoittaa rituaalin suorittamista. Rituaalin suorittamisella on päämääränä pakottaa tai taivutella jumala tai muu yliluonnollinen olento tekemään jotain asiaa, minkä rituaalin suorittaja vain haluaa tämän tekevän. Rituaalin tarkoituksena voi olla myös "vetää" henget maanpäälle."

Laurila katkaisi lukemisensa hetkeksi, kunnes jatkoi puhettaan jälleen.

"Riimukuvia selatessani löysin kuvan käärmeestä ja kahdesta naisesta. Kuvan teksti käännettynä suomeksi menee jotenkin näin. -Taikuus ja taikuuden harjoittaminen. Taikuudella oli myös vahingoittava käyttötarkoitus. Seid oli tuolloin yksi pelätyimmistä muodoista. Seidin harjoittajat olivat naisia. Seidiä arvostettiin ja pelättiin viikinkiajalla." Jälleen hän keskeytti hetkeksi puheensa. Kiivaasti hän selasi puhelimensa näyttöä, kunnes hän jälleen jatkoi.

"Kuuntele tätä. Tässä on artikkeli, joka kertoo Prinssi Rurikista, varjagista eli viikingistä. Hän eli vuosina 830- 879. Suomalais- ugrilaiset sekä slaavilaiset heimot ajautuivat sotimaan toisiaan vastaan. Tilanne päätyi lopulta siihen, että heimot päättivät kutsua Rurikin pitämään järjestystä. Tässä kerrotaan myös projekti Familytree DNA hankkeesta, jossa Rurikin historiallisuutta koetetaan selvittää nykyisten ruhtinassukujen geenilinjoista. Rurikin haploryhmä N1c1 tavataan nykyisin noin hieman alle kuudellakymmenelläviidellä prosentilla kaikista suomalaisista miehistä. Tietenkin N-haploryhmää tavataan muuallakin, mutta tässä, halutaan selvittää mahdollisuutta, oliko Rurik suomalainen viikinki. Onpa huikea ajatus."

Laurila selvästikin kiinnostui aiheesta, mutta Ahjo halusi hänen nyt keskittyvän enemmän tuohon taikuuden harjoittamiseen.

"Tuskin tuo nyt tähän meidän juttuun mitenkään liittyy. Löysitkö mitään muuta siitä seid taikuudesta?"

Ahjon auto oli jo saapunut Uittoniemen hiekkatielle. Laurilan vielä selaillessa puhelimensa näyttöä.

"Ei täältä oikein tahdo löytyä."

Laurila jatkoi etsimistään, kunnes Ahjo keskeytti hänen puuhansa.

"Niko katso. Aivan mieletön usva talon takana. Mikä kumma saa muodostumaan moisen ilmiön?"

He olivat saapuneet rantatalon pihaan. Jokin sai heidät suuntaamaan kohti talon takana olevaa nummea. Suurta aukeamaa, jota synkkä kuusimetsä reunusti.

Aukean keskellä oli pystytetty suuri puupaalu ja siihen oli sidottu Manner käsistään kiinni. Manner istui suurella matalalla vaalealla kivellä puettuna Ahjon mielestä isonmiehen yöpukuun. Mantereen edessä seisoi tummaan kaapuun sonnustautunut hahmo pidellen toisella kädellään Mannerta olkapäästä kiinni. Toisessa kädessä tuolla synkän oloisella hahmolla oli pitkäteräinen tikari. Rikoskonstaapelit ymmärsivät heti mistä oli kyse. He ottivat aseensa koteloistaan tähdäten molemmat tuota tummakaapuista miestä. Ahjo käskytti kovaan ääneen miestä.

"SEIS MAURITZ JERNI! PUDOTTAKAA TIKARI MAAHAN JA ASTUKAA TAEMMAKSI KIVELTÄ!"

Tuo tummakaapuinen mies käänsi katseensa kohti Ahjoa. Miehen kasvot olivat oudot. Tuo mies ei ollut se Rautamo, jonka Ahjo oli nähnyt. Miehen kasvot vääntäytyivät hymyyn, mutta Ahjosta se näytti pikemminkin tuskaiselta irvistykseltä.

"Tulitte aivan liian myöhään."

Mies toteaa raastavalla matalalla maagisella äänellä. Ahjon selkää pitkin kulki kylmät väreet tuon epäinhimillisen äänen kuultuaan. Miehen katse oli vielä kohdistettu Ahjoon, kun hän pisti tikarillaan syvälle Mantereen rintaan. Ahjo sekä Laurila molemmat ampuivat miestä. Laurilan luoti lävisti miehen rintalastan, kun taas Ahjon luoti osui miestä olkapäähän. Mies kaatui elottomana Mantereen syliin. Mantereen veri valui hitaasti alaspäin kohti tummakaapuisen miehen rinnasta pulppuavaa verta. Veret kohtasivat ja sekoittuivat valuessaan uhrikiven päälle.

Taivas tummentui nopeasti, samalla ukkonen alkoi jyrähdellä heidän yllänsä. Ahjo ja Laurila olivat molemmat suuntaamassa kohti uhrikiveä, kun valtaisa salaman leimahdus iski aivan heidän jalkojensa juureen. Rikoskonstaapelit lyyhistyivät salaman iskusta maahan menettäen hetkeksi tajuntansa. Ilarin tuntiessa samalla, kuinka

Rautamon tumma veri hiljalleen nousi kohti tikarin pistämää haavaa. Aivan, kuin se olisi ryöminyt kohti miestä.

Tumman veren saapuessaan Ilarin verenkieroon, hän näki ympärillään sumun, mutta uhrikivi olikin nyt rantatalon paikalla.

Rannassa on suuria laivoja, joiden keulat on koristettu käärmein ja laivojen kyljissä on värikkäitä sotakilpiä. Uhrikiven ympärillä on paljon turkisviittoihin pukeutuneita ihmisiä. Heillä on suuret huput päässään. Ilari ei näe heidän kasvojaan. Ihmiset hyräilevät jonkinlaista loitsua matalalla äänellä. Uhrikivellä istui nyt kaksi naista kädet sidottuina samanlaiseen riimupuuhun, kuin Ilari. Ilari näkee, että naiset ovat Alisa ja Marika, tosin jotenkin erilaisen oloisina, kuin Ilari oli heidät tottunut tuntemaan. Tummaan kaapuun pukeutunut mies astelee kohti Marikaa. Mies pistää samaisen tikarin Marikan rintaan. Tikarin, jonka Ilari oli juuri saanut omaan rintaansa. Seuraavaksi mies kääntyy kohti Alisaa ja tekee saman julman tekonsa myös Alisalle. Tekonsa jälkeen tummakaapuinen mies viiltää omat ranteensa auki ja valuttaa verensä noiden naisten rinnassa oleviin haavoihin. Rituaalia seuranneet ihmiset alkavat hyräillä kovempaan ääneen rumpujen nyt kumistessa voimakkaasti taustalla. Tummakaapuinen mies kääntyy pitäen yhä

121

käsiään levitettyinä sivuillaan. Ilari näkee miehen kasvot ja ne kuuluvat Rautamolle. Naiset virkoavat jälleen eloon Rautamon takana. Nuo naiset olivat kuin uudelleensyntyneitä, hehkeitä ja elinvoimaisia. Rautamo irrotti naisten kädet riimupuusta. Heidän viehkeä olemus vangitsi Ilarin mielen. Naiset saapuivat Ilarin luokse. Alisa tarttui Ilaria vasemmasta kädestä, kun taas Marika otti Ilaria oikeasta kädestä hellästi kiinni. Naiset ohjasivat Ilarin kohti uhrikiveä. Rautamo oli kääntynyt kohti uhrikiveä, eikä Ilari pystynyt näkemään miehen kasvoja. Saavuttuaan kivelle naiset ohjasivat Ilaria istumaan tuon uhrikiven päälle. Nyt hän näki jälleen tuon tummakaapuisen miehen kasvot. Kasvot olivat nyt muuttuneet hänen omiksi kovettuneiksi kasvoiksi.

Samalla kaikki pimeni jälleen ja Ilari vaipui syvään hiljaiseen pimeyteen.

19

Oli kulunut kolme kuukautta tuosta, kun Ilari oli vaipunut tajuttomaksi suurella vaalealla kivellä rantatalon takana sijaitsevalla nummella. Hän oli herännyt jälleen sairaalalla, mutta tuolla kertaa hänet oli viety suoraan psykiatriselle osastolle. Kuntoutuminen oli sujunut hyvin, eivätkä Ilarin harhat olleet jatkuneet. Päinvastoin, hän oli hyvinkin selkeästi käsitellyt lääkäreiden ja terapeuttien kanssa tuon sekavan elämänvaiheensa. Tosin viimeisen näkynsä uhrikivellä hän piti sisällään. Hän ei vain voinut puhua asiasta. Hänestä tuntui, että se näky oli tarkoitus hänen pitää yksinomaan itsellään. Siitä huolimatta Ilari oli valmis jatkamaan elämässään eteenpäin.

Mauri Rautamo oli menehtynyt Laurilan luodista. Raportissaan rikoskonstaapeli Ahjo totesi Rautamon kärsineen vahvoista harhoista sekä harrastaneen harhaista okkultismia. Paljon asioita oli kuitenkin jäänyt tapauksessa pimentoon, kuten Rautamon käsiase, jota ei koskaan löydetty. Samoin kysymykseksi jäi Alisan ja Marikan osuus. Näiden naisten osallisuutta ei voitu vahvistaa, eikä Ahjo uskonut tapauksen koskaan kunnolla selviävän.

Raimo Schulmanin todettiin päättäneen elämänsä omankäden kautta, eikä voitu todistaa kenenkään osallisuutta tuohon ikävään tapaukseen. Sattuneet asiat vaivasivat Ahjon mieltä. Hän oli tutkinut meteorologin kanssa Uittoniemessä sattuneen tapauksen aikana ilmenneitä säätiloja sekä mahdollisia sääilmiöitä, mutta he eivät olleet löytäneet mitään normaalista poikkeavaa.

Ilari seisoi nyt rantatalon pihamaalla. Talo oli poissa. Sen tilalla oli vain tasoitettu maa- aukeama. Ilarista tuntui hyvin tyhjältä. Hänestä oli hyvin outoa katsoa tuota tyhjyyttä rantatalon paikalla.

Aurinko lämmitti Ilarin selän takana vielä heikosti, ilma tuoksui jo syksyltä.

Mies piteli kädessään ruskea kirjekuorta, joka oli postitettu Raimon osoitteeseen, mutta hänen nimellään varustettuna. Raimon asunnon Ilari oli laittanut myyntiin, olihan hän nyt Raimon ainoa sukulainen. Verikoe oli osoittanut Rautamon väitteen ainakin tässä kohtaa oikeaksi.

Tuo kirje Ilarin kädessä oli vielä avaamaton, sillä hän oli juuri saapunut suoraan Raimon asunnolta Uittoniemeen. Kuoressa oleva käsiala tuntui Ilarista tutulta, mutta hän ei ollut asiasta varma tunsiko hän käsialan. Hänellä oli omituinen tarve pitää tuota kirjettä käsissään, kuin hän olisi pelännyt kadottavansa sen.

Uittoniemeen saapumisellaan Ilari halusi varmistaa, että kaikki rakennukset puretaan ja niemi rauhoitetaan alueeksi, jolle ei koskaan rakennettaisi. Ei edes retkeilyyn tarkoitettua nuotiopaikkaa.

Asiat alkoivat olla kunnossa niin Uittoniemessä, kuin Ilarillakin. Rauhallisen oloinen hyväryhtinen mies kääntyi kohti autoaan. Nyt hän haluaisi aloittaa kaiken uudestaan. Jättää kaiken menneen taakseen.

Ilari istui autoonsa päättäen, että nyt oli aika aukaista tuo kirjekuori. Kirje oli päivätty samaiseksi, jolloin Ilari istui uhrina kivellä sekä Rautamo, sai surmansa. Kirje alkoi seuraavasti:

Hyvä Ilari

Kun saat tämän kirjeen, on sinun otettava minun paikkani jatkaaksesi työtäni. Sinulla tosin pelissä on hieman enemmän.

Sinulla on poika, jota sinun on suojeltava ja varjeltava kaikin tavoin. Ottamamme verikoe vahvisti asian. Poikasi on Rurik toinen, eli suuren varjagin jälkeläinen. Häntä me olemmekin odottaneet saapuvaksi. Hänestä tulee Pohjoismaiden yhteinen hallitsija. Myös Itäinen Eurooppa tulee mukaan hänen hallinnan alaisuuteen.

Suuret valtiot hajoavat. Ne tulevat kaatumaan hallitsemattomaan johtajuuteensa.

Nykyiset suuret valtiot alkavat eristäytyä. Ne tulevat rakentamaan muureja rajoilleen sekä käymään keskenään tuhoisaa kauppasotaa. Valtiot estävät vapaan liikkumisen myös sisäisesti omassa valtiossaan. Valtioiden sisällä muodostuu alueita, jotka eristäytyvät.

Samalla suuret, kuin pienet valtiotkin alkavat käydä sotaa sosiaalisessa mediassa, josta koituu lopuksi vain se, ettei johtajiin tai mihinkään tahoon voi enää luottaa. Nuo suuret johtajat alkavat tavoitella vain omia etujaan unohtaen oman kansan perustarpeet.

Nykyinen tunnettu tiedonsiirto tulee kaatumaan. Valehtelu, epärehellisyys, salajuonet sekä väkivaltaisuus ottaa kaikkialla vallan.

Pohjoismaat yhdistyvät ja tuolloin tarvitsemme suurta johtajaa, joka ohjaa meidät viisaasti uuteen parempaan aikakauteen. Sinun on suojeltava ja varmistettava Rurik toisen tulevaisuus. Poika on nyt turvassa äitinsä luona Mo i Ranassa, Norjassa. Teille on varmistettu pyhäpaikka Finneidfjord nimisessä pienessä paikassa. Siellä voitte rauhassa palvella jumaliamme sekä vaalia perinteitämme. Harjoittele vahvistamaan henkistä sekä fyysistä vahvuuttasi. Sinun on vain aukaistava mielesi sekä sydämesi. Muista, sinulla on tärkeä tehtävä laskettu harteillesi. Suorita tehtävä arvokkaasti. Toivon sinulle onnea ja voimaa tehtävääsi.

EX-master of teurgia
Mauritz Jerni

Ps. Kuoressa on mukana kaikki mitä sinun täytyy ja tarvitsee tietää.

Ilari ei ollut uskoa kirjettä todeksi, mutta kyllä hän nyt tunnisti Maurin käsialan.

Kuoressa oli mukana paksu moniste, joka kertoi juuri noista asioista, mistä Mauri oli kirjeessä kirjoittanutkin. Yksi paperi sisälsi riimukirjoitusta aakkosineen, kun toisessa näytti olevan viikinkien historiaa käsittelevää tietoutta. Kuoressa oli myös kartta juuri tuolta Finneidfjordin alueelta. Ilari alkoi olla vakuuttunut tehtävästään sekä elämänsä tarkoituksesta.

Hänellä oli poika. Poika, josta kasvaa suuri soturi, varjagi. Poika johtaisi Pohjoismaat uuteen uljaaseen arvoonsa. Mikä voisi olla tärkeämpi tehtävä isälle, uudelle mestarille. Hänellä oli nyt tehtävä, joka oli hänelle määrätty.

Hän istui autossa, mutta silti hänestä tuntui, kuin hän olisi kuullut sen samaisen hyräilyn, jota hänen viimeisessä näyssä olleet ihmiset olivat hyräilleet. Hyräilyyn ja rumpujen matalaan kuminaan yhtyi Ilarin sydämen syke. Hän tunsi veren virtaavan suonissaan vahvana ja voimakkaana. Tunne tiiviin yhteisön läsnäolosta sai hänet vakuuttumaan tulevasta tehtävästään. Nyt hän oli muuttunut mies ja valmis lähtemään poikansa luokse. Ilari suuntasi matkansa kohti Suomen ja Ruotsin rajaa.

Rauhallisen ajomatkan jälkeen hän saapui Tornioon. Hänen autonsa kiisi nyt yli kauniin Tornionjoen kohti valtakuntien rajaa. Vaivattoman rajan ylityksen jälkeen Haaparannalle saapuessaan hän katseli oikealle jäävää suurta sinistä rakennusta, jonka seinässä olivat suuret keltaiset kirjaimet, IKEA. Tuo massiivinen yritys veti puoleensa innokkaita ostajia Venäjältä, Suomesta, Norjasta ja tietenkin Ruotsista. Ilari oli aina ihmetellyt, miten jokin voi vaikuttaan ihmisiin niin paljon, että he saapuvat pitkienkin matkojen päästä vain ostamaan jotakin, mitä he eivät välttämättä edes tarvitse. Loppujen lopuksi hän oli tullut siihen tulokseen, että ihminen on laumasielu. Aikaisemmin hän itsekin oli ollut vain yksinäinen eksyneenä vaeltava susi, mutta nyt

hänelle oli lopultakin näytetty tien oman laumansa
luokse.